Cyril Gely est romancier, auteur de théâtre à succès – plusieurs fois nommé aux Molière pour *Signé Dumas* (Francis Perrin/Thierry Frémont), *Diplomatie* (Niels Arestrup/André Dussollier) – et scénariste (*Chocolat* de Roschdy Zem avec Omar Sy et James Thierrée).

Il a reçu le Grand Prix du jeune théâtre de l'Académie Française, le prix du Scénario au festival International de Shanghai et le César 2015 de la Meilleure adaptation pour *Diplomatie*, réalisé par Volker Schlöndorf.

Cyril Gely

LA FORÊT AUX VIOLONS

ROMAN

Albin Michel

ISBN 978-2-7578-9098-1

Pour Dorothée,
Célèste et Hippolyte.

1

Antonio se tenait droit comme un sapin rouge des montagnes. Face à lui son vieux maître, courbé tel un arc, l'observait. Son bras tendu indiquait froidement la porte de l'atelier.

Antonio ne disait rien. Il toisa longuement Amati, puis sortit.

Quand Antonio passa la porte, le vieux maître regretta aussitôt son geste. C'était pourtant le troisième violon ce mois-ci qu'Antonio brisait. Et pour quelle raison ? Car il ne sonnait pas assez bien ! Comme si un apprenti pouvait savoir si un violon sonnait clair ou non !

Girolamo, le fils du vieux maître, était pétrifié. Lui aussi observait la porte, espérant l'éventuel retour d'Antonio. Mais cela ne se produisit pas. La porte demeura close le restant de l'après-midi. Désespérément.

Antonio était un apprenti hors norme, bien meilleur que le propre fils d'Amati. Mais on ne pouvait pas faire n'importe quoi. Tout ce bois gâché, qui allait le payer ? Tout ce temps perdu ?

Amati n'avait cessé de lui répéter :

– Tant que tu ne sauras pas pourquoi tu fabriques des violons, aucun son n'en sortira.

« Pourquoi ? » murmura entre ses dents Antonio en passant devant l'église San Domenico. Pourquoi, en effet ?

Nous étions en 1666. Antonio avait vingt-deux ans. Il était grand, il était maigre, et n'avait aucun endroit où dormir.

Il n'entendit même pas la cloche de San Domenico sonner.

Un do dièse, si je ne m'abuse.

2

Crémone, en ce temps-là, n'était plus la cité florissante qu'elle avait été. Les guerres ininterrompues avec l'étranger, les famines diverses, jusqu'à cette terrible peste de 1630, avaient poussé les habitants hors des murs.

Certains s'étaient réfugiés au nord, vers Milan. La plupart ne revinrent pas, rattrapés par la peste bubonique.

D'autres descendirent vers Parme. Ils y furent tous surpris par le choléra.

D'autres encore avaient préféré Venise. La majorité fut enrôlée de force pour combattre les Turcs.

Les derniers, les moins nombreux, firent le choix des Apennins, à l'ouest.

Les parents d'Antonio, Anna et Alessandro, étaient parmi eux. Le choix se révéla judicieux.

Crémone, néanmoins, malgré ces tracas successifs, demeurait la ville de la musique et de Monteverdi : une économie en faillite, certes, mais au renom intact.

Et si les affaires peinaient à reprendre, la lutherie, elle, ne connaissait pas la crise. On venait de loin pour s'offrir un violon, un alto ou un violoncelle signé par Andrea Guarneri, Francesco Ruggieri ou Niccolo Amati.

De loin c'est-à-dire de Rome, de Naples, de France et même d'Angleterre.

3

Antonio ne pensait pas à Monteverdi ni aux trois maîtres luthiers, alors qu'il s'éloignait du quartier de San Domenico. Il se demandait plutôt où passer la nuit. Car depuis onze ans, il était à la charge d'Amati et couchait sur un lit de paille dans une pièce exiguë, attenante à l'atelier. En franchissant le seuil, Antonio avait non seulement perdu un maître, mais également un foyer.

Il releva le col de son tabarro, sa longue cape noire, et hâta le pas.

Bien qu'on fût fin octobre, la neige recouvrait déjà les rues de Crémone.

Le froid avait surgi en même temps que la peste, vers 1630. Or, si celle-ci avait été délogée au prix de nombreuses vies humaines, le climat glacial persistait et faisait chuter les températures bien en deçà de la moyenne.

– C'est bon pour nous, aimait à dire le vieil Amati. Car, vois-tu, le froid ralentit la croissance des arbres. Moins ils poussent vite, et meilleure sera la qualité de leur bois.

Antonio, d'aussi loin qu'il s'en souvenait, aimait les violons. Et, pour son plus grand plaisir, en fabriquait.

Il en détruisait aussi.

Pour le compte d'Amati, il coupait, rabotait et collait les soixante-sept pièces de bois qui formaient l'instrument. Puis il ajustait les quatre cordes – sol, ré, la, mi. À la fin ces soixante et onze pièces n'en formaient plus qu'une.

Le maître n'était jamais loin, et surveillait. Lui revenaient les tâches les plus ardues : la pose de la barre d'harmonie, la confection du chevalet, l'ouverture des ouïes, et bien entendu l'application du vernis aux reflets de miel, dont il avait le secret.

Ce travail demandait patience, précision et habileté. Beaucoup de patience, beaucoup de précision et beaucoup d'habileté.

Antonio excellait dans les trois.

Raison pour laquelle, lorsqu'un violon ne lui donnait pas satisfaction, il jugeait préférable, au grand dam du maître, de le détruire.

– Mais pourquoi fais-tu cela ? s'était écrié Amati la première fois.

– Il ne sonne pas comme j'aimerais, avait simplement répliqué Antonio.

– Ne recommence jamais, ou je te tue.

Antonio avait recommencé. Le vieux maître ne l'avait pas tué, Dieu merci, mais tout de même il avait fini par le jeter dehors. Il y a des choses qui ne se font pas.

4

Antonio était né en 1644, dans un hameau paisible du massif des Apennins, dont il avait totalement oublié le nom.

Il se rappelait uniquement les arbres qui avaient fait partie de son enfance : hêtres, châtaigniers, mélèzes. Il avait vécu parmi ces géants jusqu'à sa septième année. Une vie insouciante, emplie d'odeurs sucrées et de couleurs enivrantes.

De son père, il ne gardait aucune image, aucun son. Et quand les gens, par méchanceté, l'appelaient « le bâtard », il ne cherchait pas à en savoir davantage.

De sa mère, en revanche, il avait conservé de nombreux souvenirs. Anna, qui signifie « grâce ». Notamment ce jour où elle l'avait pris par le bras pour redescendre dans la vallée.

Les mesures prophylactiques pratiquées par les villes du Nord produisaient enfin leurs effets. La peste perdait en intensité et s'éloignait vers des régions plus méridionales.

Ils vécurent ainsi à San Vincenzo, Rugarlo, Griffola, Caberra, Frassineto, Val di Taro, Bardi,

Vezzolacca, San Siro… Puis, parce qu'il fallait bien revenir là où tout avait commencé, ils gagnèrent Crémone.

5

C'était il y a onze ans exactement. Presque jour pour jour.

En octobre 1655.

Ils étaient passés par le pont qui surplombe le Pô et Anna avait entraîné son fils sans aucune hésitation jusqu'à la piazza San Domenico où résidait le maître.

Antonio n'avait jamais vu une ville aussi animée, une église aussi belle, et un campanile aussi haut, le Torrazzo, qui pour un enfant de cet âge devait mesurer plus d'une lieue.

Anna, qui signifie « grâce », avait poussé la porte de l'atelier.

Et ce fut tout un monde qui pénétra Antonio. Le parfum intense des vernis en provenance de régions lointaines, les colles chaudes de peaux et d'os, jusqu'à cette senteur de brume qu'il reconnaissait entre toutes, celle du bois.

Et tandis que l'enfant s'approchait malgré lui de la grande table où les violons à l'état d'ébauche étaient disposés, sa mère s'entretenait avec Amati.

Le maître avait alors une soixantaine d'années. Il était issu d'une illustre famille de luthiers. Le nom de son grand-père, Andrea Amati, rayonnait déjà bien au-delà de Crémone et de l'Italie. On dit même que le roi de France, Charles IX, lui avait commandé, pour le service de sa chapelle, vingt-quatre violons et six violes. Ce qu'Andrea s'était empressé de réaliser.

– Ne touche pas aux instruments, mon garçon, avait tonné Amati.

Antonio avait retenu son geste et observé ces objets étranges qu'il voyait pour la première fois. Ceux qui étaient achevés pendaient majestueusement au-dessus de sa tête, accrochés à un fil par leur volute. Leur vernis brun clair, rouge ou ambré luisait dans la lumière.

– Non, je n'ai pas besoin d'un nouvel apprenti. J'ai déjà mon fils, Girolamo, et Matteo qui est avec moi depuis huit ans… Non, non, ce n'est pas possible…

Mais le vieux maître n'avait pas achevé sa phrase que la jeune femme, qu'il avait connue autrefois quand elle habitait Crémone, fit un pas vers lui et lui glissa quatre mots à l'oreille.

Ces quatre mots surprirent Amati, au point qu'il ne vit pas Antonio passer ses longs doigts maigres et sales sur les violons aux formes onctueuses.

6

« Une nuit avec moi. » Tels furent les mots d'Anna.

Une nuit contre l'éducation de son fils. Une nuit en échange d'Antonio.

Ce fut donc la première fois que celui-ci dormit sur son lit de paille, dans cette pièce exiguë, attenante à l'atelier.

La chambre du maître était au premier étage. Qui était-il pour refuser une offre pareille ? Anna, bien qu'âgée de quarante-cinq ans, était encore belle et désirable.

Le dîner fut vite servi et vite avalé. Une fois Antonio et Girolamo couchés, Amati se retrouva seul avec Anna.

Antonio quitta son lit au milieu de la nuit, car il avait froid. Il aurait pu se rendre dans l'atelier où toutes ces odeurs enivrantes l'attiraient. Mais il préféra, sans savoir pourquoi, monter l'escalier. Marche après marche, il se rapprocha de la chambre d'Amati. Sur le seuil il s'arrêta un court instant, puis poussa légèrement la porte.

Ce qu'il vit, Antonio ne devait jamais l'oublier.

Il vit un dos. Le dos nu de sa mère, qui brillait, comme les violons de l'après-midi, dans la lumière.

L'enfant regagna sa chambre longtemps après.

Il se tourna et se retourna sur sa couche sans trouver le sommeil.

Ce n'est qu'au petit matin qu'il entendit des pas. L'escalier grinçait. Pourtant, ce n'est pas sa porte qui s'ouvrit, mais celle qui donnait sur la ville.

De la fenêtre, Antonio vit une ombre s'enfuir. Une ombre qui, après quelques enjambées, disparut au tournant de la rue. Et qu'il ne revit jamais.

Une ombre qui s'enfuyait sans lui dire adieu.

Anna, qui signifie « grâce ».

7

Francesco Pescaroli était sculpteur sur bois. Il habitait un peu plus haut dans Crémone, à deux pas de l'église Sant'Agata. Il sculptait des escaliers raffinés, des coffres à bijoux, des retables, et travaillait aussi bien pour les gens d'Église que pour les bourgeois.

Pescaroli n'avait pas besoin d'apprenti.

Mais quand un garçon du talent d'Antonio frappe à votre porte, il faut être idiot pour le laisser dehors.

– Entre.

Ce fut donc là qu'il trouva refuge, ce jour d'octobre 1666.

L'un et l'autre savaient pourtant que cet emploi ne serait que temporaire. Rien ne pouvait détourner Antonio de ses violons. Il attendait simplement des jours meilleurs.

Pescaroli employait parfois comme ornement des bois étranges aux couleurs magiques, qu'Antonio découvrait les yeux émerveillés. Le brun teinté de rouge de l'acajou, la terre de Sienne brûlée presque noire de l'ébène, le grenat soutenu du palissandre.

Pescaroli les achetait à prix d'or à Venise, où il se rendait une fois l'an, en avril. Il promit à Antonio, lors d'un prochain voyage, de l'emmener avec lui.

Ils consacrèrent d'abord leur énergie à embellir les plafonds du Palazzo Stanga, puis confectionnèrent un autel pour l'église Sant'Agostino, enfin ils réalisèrent huit chaises magnifiques dans un noyer très sombre et très dense pour l'architecte Alessandro Capra.

Un matin de février 1667, Antonio fixa les huit chaises sur une charrette à bras, et les livra chez l'architecte. Ce fut sa belle-fille qui lui ouvrit.

Francesca, qui signifie « libre ».

8

Libre, elle l'était.

Dans sa tête, car Francesca ne s'était jamais considérée comme inférieure à un homme. Et dans les faits, la jeune femme était veuve depuis trois ans.

Ses cheveux étaient noirs, comme peuvent l'être certaines tourmalines, et longs comme le sont les rivières. Ses yeux sombres fixaient Antonio. Et dans ce regard, il lut une invitation.

Ainsi il déposa les chaises sculptées dans l'entrée et revint dès le lendemain.

Alessandro Capra était un homme puissant à Crémone. La rue où il résidait portait même son nom. Il écrivait des livres qui traitaient d'architecture, civile ou militaire, et de géométrie. Il n'était pas du genre à plaisanter.

On comprend mieux pourquoi il entra dans une profonde colère quand il apprit que sa belle-fille voyait depuis plusieurs semaines un jeune ébéniste.

Il trépigna de rage quand il sut qu'elle l'aimait.

Il crut mourir quand elle lui avoua qu'elle était enceinte.

9

Le mariage se fit à peu de frais. Certes Antonio aspirait à devenir luthier, et même le meilleur de la ville, mais il n'était en ce temps-là qu'un modeste apprenti aux ordres de Pescaroli. Et cela le rongeait. Alors dans ses nuits sans sommeil, il assemblait sans relâche les soixante et onze pièces qui formaient un violon.

La table supérieure, qu'on nommait table d'harmonie et dans laquelle il perçait les ouïes en forme de *f*. Les éclisses, ces lames de bois qui font le tour de la caisse de résonance et qui relient la table d'harmonie à la table du fond. Les CC, ces belles échancrures pratiquées de chaque côté de la caisse pour faciliter le jeu de l'archet. Le manche, qu'Antonio fixait ensuite dans le haut de la caisse et dont l'extrémité était ornée d'une volute. Mais l'opération la plus délicate était de loin la dernière, juste avant la dépose du vernis. Il s'agissait alors d'insuffler la vie à l'instrument. Ce n'était rien, rien qu'une minuscule tige de bois arrondie. Mais son importance était considérable. Il fallait, avec habileté, l'introduire à travers l'ouïe, et venir la coincer d'une main ferme entre les deux tables, légèrement à droite, en arrière du chevalet. Trop proche du bord, les cordes de sol et de ré perdaient en volume et en sonorité. Trop près du centre, le la et le mi devenaient stridents et désagréables.

– Comment appelles-tu cette pièce ? lui avait demandé un matin Francesca.

– L'âme.

– L'âme ?

Antonio avait acquiescé.

– Mais elle remplit plutôt les fonctions du cœur. Car tu vois, sans cette tige, le violon ne produirait aucun son.

Francesca, qui signifie « libre », entra dans l'église Sant'Agata déjà grosse de quatre mois. Antonio tenait dans le creux de sa main trois pièces en argent.

Elles étaient destinées au prêtre, en échange de son silence. Mais cela s'avéra inutile. Celui-ci était myope comme une taupe.

10

Francesca avait apporté à son premier mari, Giovanni, le fils d'Alessandro Capra, un modeste trousseau, composé de linges, de draps et de quatre nappes en soie. Elle en récupéra une partie seulement en se remariant avec Antonio. L'architecte vendit le reste et empocha au passage une petite somme, mais sa belle-fille ne lui devait plus rien.

Antonio, accompagné désormais par Francesca, se retrouvait de nouveau dans la même situation que quelques mois plus tôt. Marié, certes, mais sans toit où dormir.

Ce fut Pescaroli, une fois encore, qui vint à sa rescousse. Il consentit à louer au couple, pour une bouchée de pain, une belle maison bâtie sur trois étages, située contrada Magistra, à mi-chemin entre son atelier et celui du vieux maître Amati.

En poussant la porte, Antonio découvrit une salle plutôt petite, mais il sut au premier regard que c'était là.

Oui, c'était là qu'il dessinerait et fabriquerait ses futurs violons. C'était là qu'il pourrait travailler en paix et devenir le luthier qu'il espérait.

Francesca, qui l'avait précédé, courait, malgré sa grossesse, d'une pièce à l'autre, rayonnante, légère. C'était si bon d'être chez soi.

– Antonio ! Viens vite !

Il la rejoignit en haut sur la terrasse couverte, que les gens d'ici appellent « seccadour », sur laquelle on a coutume d'étendre le linge, d'entreposer les fruits frais et les produits de la campagne. Et tandis que Francesca, heureuse comme une enfant, lui indiquait d'un geste large la vue splendide sur la ville, Antonio, lui, songeait déjà que c'était là et nulle part ailleurs qu'il suspendrait langoureusement au soleil ses violons tout juste vernis.

Il dormit fort mal cette première nuit. Il repensa à son vieux maître qu'il avait quitté un an plus tôt. Un an déjà. Et qu'avait-il fait ?

– Le bois, disait Amati, le bois… C'est lui qui fait le violon, c'est lui qui fait le luthier. Choisis mal ton bois et tu fabriqueras des violons de second ordre. N'oublie jamais cela.

Antonio avait acquiescé, comme il le faisait toujours.

– Tu veux être luthier ? Sais-tu seulement d'où vient ce mot, mon garçon ?

Antonio avait secoué la tête. De droite à gauche.

– Il vient de l'arabe. Sais-tu où se situe l'Arabie ?

Nouveau mouvement de tête, de gauche à droite cette fois.

– C'est loin. Très loin d'ici. Au-delà de la mer Adriatique et des Balkans, au-delà de l'Anatolie.

Antonio avait écarquillé les yeux, il n'avait jamais entendu des noms pareils.

– « Al-aoüd », avait repris le vieil Amati, c'est comme ça qu'ils disent là-bas. « Al-aoüd » est devenu « laüt », puis « luth », et enfin « luthier ».

Antonio avait observé son maître, longuement. Puis il avait demandé :

– Et que veut dire « al-aoüd » ?

– Très bonne question, mon garçon. Je te laisse deviner.

L'enfant qu'il était alors n'avait pas baissé le regard. Il avait fixé Amati, comme si la réponse était inscrite dans ses yeux gris. Après une minute, il dit simplement :

– *Le bois*.

Ce jour-là, Amati avait compris. Il avait compris qu'Antonio était différent. Différent de lui, de Girolamo, et des autres luthiers.

Fort heureusement, à l'époque, il ne brisait pas encore ses violons.

11

Antonio se réveilla un matin poussé par une force nouvelle.

– Le bois, répéta-t-il.

C'était le nerf de la guerre. Mais comment s'en procurer quand on n'a pas un sou en poche ? Antonio se posa la question, dix fois, cent fois. Il ouvrit les livres que possédait Pescaroli – le vieil Amati lui avait également enseigné l'art de lire et de compter –, étudia les cartes.

Deux bois, essentiellement, étaient nécessaires à la fabrication d'un violon. L'épicéa, pour la table d'harmonie et l'âme, et l'érable pour la table du fond, les éclisses et la volute.

Venise, où Antonio s'était rendu avec Pescaroli, importait l'érable des Balkans. Il y en avait à profusion. Les Turcs, cependant, avec qui la cité des Doges était en guerre depuis deux siècles, conservaient pour eux les meilleures essences, et l'érable qui était débarqué chaque matin sur le port était souvent de mauvaise qualité.

Antonio considéra qu'il pourrait aisément contourner le problème. Le vieux maître Amati, grâce à différents négociants, ne faisait-il pas venir le sien du nord de l'Europe ?

L'épicéa, en revanche, s'avérait plus rare et plus cher. Son élasticité et sa légèreté apportaient sonorité et profondeur aux violons. Amati le remplaçait volontiers par du sapin, du cèdre, et parfois du cyprès. Mais le son n'était plus le même. Antonio avait brisé ces violons sans vergogne.

Les épicéas poussaient en altitude, dans les Vosges, le Jura, dans le Tyrol. Ceux que recherchait Antonio étaient forcément les plus âgés. Cent cinquante ans, peut-être plus, avec un large tronc, bien rond, de la taille d'un violon. Ils devaient s'élever parfaitement droits, sans trace de blessure ni de pourriture, et être moins hauts que l'église San Domenico. Le froid était essentiel pour cela. Car, comme le disait Amati, le froid ralentissait la croissance des arbres. Les plus beaux spécimens, estimait Antonio, se trouveraient donc à la lisière des prairies alpines, où les résineux disparaissaient peu à peu. Et tournés vers le nord, le dos au soleil – « à l'ubac », avait-il lu dans un des livres de Pescaroli. Ainsi, les cernes annuels de croissance seraient particulièrement minces et réguliers, sans défaut ni imperfection, et permettraient au son de se transmettre de la meilleure façon.

De telles exigences excluaient un grand nombre d'épicéas.

Quatre-vingt-dix-neuf pour cent, pensait Antonio.

Puis un jour, après avoir étudié avec soin une carte du nord de l'Italie, il sut. C'était là, comme une évidence. Dans une région que l'on nommait « Montagnes roses ». Il devait partir, c'était plus fort que lui.

Antonio estima qu'il lui faudrait dix jours de marche pour s'y rendre.

Ainsi, le 14 novembre 1667, il embrassa Francesca, au joli ventre arrondi, et la serra aussi fort qu'il put contre lui.

C'était un lundi.

Puis, sans se retourner, il quitta Crémone.

12

Le premier jour, il se hâta si bien vers l'est qu'il traversa le soir même, par un pont en bois, la rivière Oglio.

Le deuxième jour, il remonta plein nord. Ses pieds filaient plus légers que le vent. Il contourna le village de Castel Goffredo et fut en vue du lac de Garde.

Mais le troisième jour, il atteignit difficilement la ville fortifiée de Peschiera del Garda tant ses crampes le faisaient souffrir.

Le quatrième jour, incapable du moindre geste, il se reposa.

Il reprit péniblement le cinquième jour, et pensa même revenir à Crémone. Il se persuada vite, cependant, qu'il ne pouvait pas faire marche arrière.

Il longea le lac de Garde, qu'il ne perdit pas des yeux un instant, pendant trois autres jours. Un nouveau pont, en pierre celui-là, lui permit de franchir l'Adige et de rejoindre, après une longue journée, la ville de Trente.

Ce fut ici, au matin du dixième jour, que commença l'ascension.

Lentement les arbres évoluèrent, les chênes et les hêtres cédèrent leur place aux sapins argentés et aux mélèzes.

Le onzième jour, il passa près des lacs de Serraia et de Piazze, en partie déjà gelés, puis entra le douzième jour dans une vallée traversée par un cours d'eau tumultueux que les gens du pays appelaient Aviso.

Depuis quelque temps déjà, les paysans qu'il croisait s'exprimaient dans un patois curieux, fait d'italien et d'allemand. Mais Antonio finissait toujours par se faire comprendre.

Quand il laissa derrière lui, le treizième jour, le village de Predazzo et qu'un jeune garçon lui dit qu'il était à cinq lieues à peine de la forêt de Paneveggio, il comprit qu'il était bientôt arrivé et qu'il allait enfin trouver ce qu'il cherchait.

Ce fut le quatorzième jour, en fin de journée, qu'il aperçut le hameau. Quatre baraques en bois, côte à côte, nichées au creux de la vallée.

Et en effet, les livres n'avaient pas menti. Tout autour de lui, les montagnes étaient roses.

13

Un homme au visage marqué par la fatigue vint aussitôt à lui. Il était difficile de lui donner un âge. Deux chiens l'entouraient.

Sur le qui-vive, à quelques pas d'Antonio, il lui demanda :

– Que veux-tu ?

– Je viens acheter du bois.

L'homme demeura silencieux un moment, puis reprit :

– Pourquoi te vendrais-je du bois ?

– Je fabrique des violons. On m'a dit que l'épicéa qui pousse ici est le plus beau.

L'homme acquiesça.

– C'est vrai. L'épicéa est le roi de notre forêt. J'ai un mur entier de rondins dans mon étable. Veux-tu les voir ?

Antonio secoua la tête et expliqua qu'il désirait les choisir lui-même, encore sur tronc.

L'homme fixa Antonio, de longues secondes, comme s'il souhaitait lire au plus profond de son âme. Finalement il dit :

– Nous irons demain. Je m'appelle Giuseppe.

– Antonio.

Giuseppe ne tendit pas la main, la méfiance était encore de mise. Mais il précisa :

– La maison la plus proche que tu vois derrière moi, est la mienne. Tu peux y entrer quand bon te semble. Celle qui suit, c'est l'étable. Il y a un coin pour les bêtes et un coin aéré où le bois sèche. La troisième maison est celle des femmes. Mon épouse et la fille de mon fils vivent là. Je te demande de ne pas t'en approcher. La dernière maison, la plus éloignée, est celle de mes deux fils. Plus personne n'y habite. Ils vivent désormais dans la vallée. L'un à Trente, l'autre à Bolzano. Tu peux coucher là si tu veux. Mon épouse t'apportera un bol de soupe.

Antonio remercia Giuseppe.

Puis ils se séparèrent.

Antonio marcha jusqu'à la quatrième maison, y entra.

Il était si fatigué qu'il ne mangea rien ce soir-là.

14

Il se leva au petit matin. Le bol de soupe était posé sur la table, froid. Il raviva le feu, puis sortit.

Giuseppe l'attendait. Il lui tendit un épais manteau en laine et des jambières qui montaient au-dessus du genou. Les gants étaient en peau.

Les deux hommes quittèrent le hameau sans un mot. Les bergers de Bergame couraient devant.

Les premiers épicéas apparurent très vite, mais Antonio les examina à peine. Il fallait continuer plus haut. Giuseppe grimpait sans effort. Ni le froid ni son âge ne semblaient l'arrêter. Antonio suivait avec difficulté.

En milieu de matinée, ils arrivèrent au col d'altitude. La vue était saisissante. Une chaîne de montagnes grises, très pâles, tailladait le ciel d'un bleu roi. Tout était silencieux et calme. Giuseppe indiqua d'un geste une famille d'épicéas, en léger contrebas.

Antonio avait emporté avec lui un maillet. Arrivé devant les géants, il frappa l'écorce à hauteur d'épaule, à deux reprises. Le son produit fut mat.

– Ce n'est pas celui que je cherche.

Et il passa au suivant.

Giuseppe souriait. Sans doute le prenait-il pour un fou ou un faible d'esprit.

Ils montèrent plus haut. Antonio frappa. Encore et encore. Puis… Un des géants renvoya un son clair, signe que celui-ci se propageait sans heurt à l'intérieur de l'écorce.

Antonio se recula et observa l'épicéa. L'axe du monde.

– Tu le prends ? demanda Giuseppe après un long silence.

– Oui. Celui-là, je le prends.

Giuseppe s'abaissa et fixa une étoffe rouge au pied de l'arbre.

Avant la tombée de la nuit, quatre autres étoffes furent nouées.

Cela faisait cinq en tout. Cinq épicéas. Droits comme des campaniles. Vieux comme les siècles. Cinq, comme les doigts de la main.

Comme les cinq pierres qui permirent à David de vaincre Goliath.

15

– Parle-moi de tes violons, demanda Giuseppe le soir même.

– C'est un monde, répondit Antonio. Un monde avec deux petites fenêtres en forme de *f*. Et qu'y a-t-il à l'intérieur ? De la musique, divine. Entendre un violon c'est entendre Dieu. C'est entendre l'univers. L'inaccessible. Et pourtant il n'est fait que d'un peu de bois, de quatre boyaux de mouton pour les cordes, et des crins de cheval pour l'archet. Comme si le monde d'ici nous transportait vers un monde inconnu, avec assurance et certitude. Il y a soixante et onze pièces. Mais lorsqu'elles sont toutes assemblées, elles n'en forment qu'une. Et pour autant on ne fabrique jamais deux fois le même violon. Un bon luthier le conçoit toujours à son image, tant par la forme que par le son qui s'en dégage. Il y a une tête, des ouïes, un corps, des chevilles, une poignée. Le chevalet qui maintient les cordes possède des pieds, des bras, des jambes, un cœur. Sans oublier l'âme. Sans elle le son n'existerait pas. Oui, on fabrique toujours un violon qui nous ressemble, ou qui ressemble à la femme que l'on aime. Comme une histoire d'amour.

Antonio et Giuseppe étaient assis près du feu. Ce fut à cet instant précis que la jeune fille entra sans frapper.

Le silence qui suivit fut intense.

Antonio eut tout juste le temps de la dévisager. Jeune, très jeune, douze ou treize ans peut-être. Elle ne ressemblait pas aux habitants d'ici. Ses yeux étaient en amande et ses cheveux avaient la couleur du miel.

Giuseppe la congédia d'un geste bref et sec.

Puis il revint vers le feu qui crépitait face à eux.

– Reprends, je t'en prie.

Antonio prit sur lui pour ne rien laisser paraître. Il tendit ses mains vers les flammes.

– Qui a inventé le violon ? Personne ne le sait. Quand ? Nous ne le savons pas davantage. On pourrait croire que Dieu a créé l'homme afin qu'il crée le violon, comme s'il avait murmuré aux oreilles des premiers luthiers les secrets pour l'enfanter.

Ainsi, ils parlèrent tout au long de la nuit. Giuseppe interrogea, et Antonio répondit.

Puis, tandis que le feu faiblissait, Giuseppe formula une dernière question :

– Comment vas-tu me payer ? En monnaie de Venise ou de Milan ?

– Je n'ai pas d'argent, rétorqua sincèrement Antonio.

Giuseppe réfléchit un instant, puis se leva.

– Alors ton prix sera le suivant. Tu fabriqueras un violon pour un arbre. Cinq étoffes rouges flottent au vent là-haut, tu me dois donc cinq violons.

Sur ces mots, il ajouta :

– Je couperai tes arbres dans un mois, en janvier. À la lune descendante, au moment où la sève rejoint les racines. Ton bois sera plus léger. Ensuite tu devras attendre dix ans.

Antonio se leva à son tour.

– Dix ans ?

– Le temps que le bois sèche.

16

Un violon tous les deux ans. Tel fut le pacte qu'ils scellèrent cette nuit-là en se serrant la main.

Antonio se mit immédiatement au travail.

Monter un violon *en l'air*, sans moule ni modèle, est extrêmement complexe. Mais Antonio releva le défi sans hésiter.

Avait-il le choix ?

Il s'enferma par conséquent dans la quatrième maison, la plus éloignée, et n'en sortit que rarement. Giuseppe lui apportait le bois dont il avait besoin, son épouse une soupe à midi et le soir.

Parfois, la nuit venue, Antonio rejoignait Giuseppe chez lui. Ils demeuraient l'un et l'autre devant le feu. Les bergers de Bergame à leurs pieds. Ils fumaient la pipe ou jouaient aux cartes. Giuseppe parlait rarement de ses fils. L'aîné habitait Trente et fabriquait des chariots. L'autre résidait à Bolzano, plus au nord, il était sabotier. Le bois était l'unique passion de Giuseppe. C'était ce qui rapprochait les deux hommes. Les soirs où Giuseppe prenait la parole, il finissait toujours par se lever, comme pour donner le signal du départ, et par déclarer :

– Tu m'as fait parler en une fois plus que je ne parle en une année.

Jamais ils ne firent allusion à la jeune fille.

17

Antonio avait installé une grande table près du feu, sur laquelle s'entassaient les différentes pièces du violon, et trouvé à l'étable les outils nécessaires : gouge, rabot, racloir.

Un matin, Giuseppe partit couper les épicéas. Il resta éloigné plusieurs jours. Antonio hésitait, il avait le désir d'en savoir plus. Alors, un soir, il sortit de sa maison et se dirigea vers celle qui lui était interdite. Ses pas crissaient sur la neige. Où qu'il regardât, la nuit était magnifique. Mille étoiles scintillaient dans le ciel noir.

Derrière la fenêtre, il aperçut deux ombres qui allaient et venaient : la grand-mère et la jeune fille. Ces ombres ne propageaient aucun bruit. Tout se déroulait dans un profond silence. Un silence religieux.

Antonio demeura ainsi de longues minutes, à l'affût. Mais il jugea préférable de ne pas rompre le pacte. Les arbres, que son hôte allait rapporter de la forêt, étaient sa seule raison de vivre.

Il tourna les talons à regret.

Et tandis qu'il approchait de la maison la plus éloignée, il eut une pensée pour Francesca, qui signifie « libre ».

18

À la fin du mois de janvier, après cinquante-six jours de travail, le premier violon fut quasiment achevé. Antonio l'avait conçu comme Niccolo Amati concevait les siens, un modèle relativement petit et plutôt large. L'emprise du maître était encore évidente. L'instrument ne manquait pas d'élégance, mais n'était pas non plus sans défaut. Notamment dans la forme des ouïes, les coins ou les filets.

Antonio l'observa attentivement. En d'autres circonstances, il l'aurait sans doute flanqué à terre. Mais Giuseppe se montra satisfait.

– Bolzano ?

– Oui, déclara Antonio. Je dois m'y rendre pour me procurer les cordes, les crins de cheval pour l'archet, et l'huile de lin qui servira au vernis.

Bolzano se trouvait à quinze lieues du hameau. Cinq jours, aller et retour, devraient suffire.

– Dans une semaine le violon sera prêt, ajouta-t-il.

Puis il salua Giuseppe et se mit en marche.

Antonio tint parole.

Dès son retour, il passa une première couche d'huile de lin, puis une seconde qu'il mélangea avec de la résine de pin. Le violon prit aussitôt une teinte très claire, de la couleur de l'ivoire. Ensuite, il tendit les cordes.

Antonio ne jouait pas en virtuose, mais suffisamment bien pour tester ses instruments. Le son fut moins âpre qu'il ne le prévoyait. Les cordes de sol, ré et la sonnaient bien. Seul le mi était légèrement étouffé. Mais il fallait une oreille affûtée pour percevoir la différence.

Cette nuit-là, pour Giuseppe, il joua des airs tristes et mélancoliques. Il crut l'entendre pleurer plusieurs fois. Même les deux bergers de Bergame, d'ordinaire si tranquilles, hurlèrent fréquemment.

Quand il quitta son hôte au petit matin, le violon trônait tel un trophée sur l'unique meuble de la maison, un coffre en bois sculpté.

Alors, pour la première fois, il se sentit pressé de rentrer à Crémone.

19

Il partit le lendemain aux aurores, comme s'il désirait ne déranger personne.

Il fit une halte à l'étable. Ses cinq épicéas, consciencieusement découpés en billes, reposaient les uns à côté des autres. Les anneaux de croissance étaient parfaits, serrés et réguliers, tels qu'il les avait imaginés.

Alors il posa sa main sur un des troncs et ferma les yeux. Il y avait là son avenir, ici se jouait son destin. Une immense joie l'envahit, baignée par mille notes de musique qui se mirent à virevolter dans l'air. Il pensa à sa mère, à son dos nu qu'il avait aperçu cette nuit-là, au vieil Amati et ses paroles apaisantes, à Francesca dont l'odeur lui manquait, dont la voix câline et suave lui manquait, dont les yeux sombres emplis de tendresse lui manquaient. Oui, il était temps.

Dehors, le soleil se levait.

Le sommet des montagnes s'illuminait de rose. Antonio se retourna une dernière fois vers le hameau. Il observa longtemps le paysage se couvrir peu à peu d'une douce lumière orange.

Cependant, il ne vit pas la jeune fille. Elle le regardait intensément à travers la fenêtre.

Après un moment, il s'éloigna.

Et ce fut donc d'un cœur léger qu'il descendit vers Predazzo.

Francesca l'attendait contrada Magistra. Et elle courut vers lui quand elle l'aperçut. Son ventre n'était plus rond. Antonio put donc la serrer contre lui, aussi fort qu'il le souhaitait.

– Laisse-moi te regarder, lui dit-il.

Francesca souriait et pleurait en même temps. Antonio la trouva aussi belle que dans son souvenir. Il lui prit la main et l'entraîna chez lui.

20

C'était une fille, Giulia. Elle était née la veille de Noël. Quand Antonio la prit dans ses bras, il la trouva aussi légère qu'un violon.

Francesca était heureuse. Elle comprit pourtant, instinctivement, qu'Antonio n'était plus le même. Ces deux mois loin de Crémone l'avaient changé. Ce n'était pas grand-chose, mais elle nota une certaine lenteur dans ses gestes, une certaine gravité dans sa voix, qui n'avaient pas cours auparavant. Elle n'en dit mot.

Puis la vie reprit.

Pescaroli avait reçu une commande prodigieuse : restaurer les quatre portes de la ville. Ce fut donc naturellement qu'Antonio retourna travailler avec lui.

Francesca, la petite accrochée à son dos, lavait le linge des autres dans le Pô qui coulait aux abords de Crémone.

Le soir, quand il faisait bon, ils montaient au seccadour. Ils laissaient passer le temps, observaient les étoiles, et parfois même faisaient l'amour.

Tout autre qu'Antonio aurait été comblé.

Mais pas lui. Une journée sans construire un violon était une journée perdue.

Le lendemain, ses pas le menèrent jusqu'à l'atelier du vieux maître. Il était là, avec son fils Girolamo, et un nouvel apprenti. Une dizaine de violons, telles des hirondelles sur leur fil, séchaient au-dessus de leur tête. Rouge doré, brun clair, jaune or, les instruments éclataient à la lumière du jour.

Quel spectacle, se dit Antonio. Et ses yeux se mirent à briller.

Il ne pouvait pas rester là sans rien faire.

21

C'était une idée saugrenue, mais Francesca ne put l'en dissuader.

À force d'économie, Antonio fit venir de Venise un lot de rames en bois d'érable et de hêtre. Puis il s'enferma dans son atelier.

Il creusa patiemment les palettes, découpa les éclisses dans les manches, rabota les volutes dans les poignets. Mais le bois était fragile, de médiocre qualité, et encore gorgé d'eau de l'Adriatique. Le son fut atroce, même pour des oreilles profanes. Les deux violons furent brisés sans ménagement le 23 novembre 1668 et le 4 mai 1669.

– On ne monte pas un violon avec ses mains, mais avec sa tête ! lui avait dit et répété le vieil Amati.

Peut-être. En revanche, on les écrasait avec les pieds !

– Tant que tu ne sauras pas pourquoi tu fabriques des violons, aucun son n'en sortira.

Il devait se résigner, le vieux maître avait raison. Pourquoi avait-il choisi ce métier ? Pourquoi se donnait-il tant de mal ? Pourquoi, pourquoi, pourquoi !

Ce fut donc presque avec soulagement qu'il accueillit la nouvelle. Francesca était enceinte pour la seconde fois. Aussitôt, pour se changer les idées, il se mit à confectionner un lit pour le nouvel arrivant. Car il espérait bien cette fois-ci que ce serait un fils.

Puis, comme par enchantement, un homme poussa la porte de sa boutique.

22

Sebastiano Beretta avait la cinquantaine triomphante. Il fabriquait et vendait du nougat – du nougat de Crémone. Et il en fabriquait et en vendait beaucoup. C'était grâce à cet argent qui ne cessait d'emplir ses poches que Beretta avait pu acheter plusieurs violons. Il n'en jouait pas, mais les exposait avec fierté dans son salon, quand le beau monde venait dîner chez lui. L'un d'eux, par mégarde, était tombé à terre et il fallait le reverdir.

– Le remettre en état, si vous préférez.

– J'avais compris.

Antonio examina l'instrument. L'étiquette collée à l'intérieur, sur la table du fond, indiquait l'auteur : *Giovanni Caspani, de Venise*. Un parfait inconnu.

– Réparer un violon, marmonna Antonio, légèrement irrité.

– Vous dites ?

– Rien. J'accepte.

Beretta, il faut le dire, ne payait pas en nougat, mais en monnaie de Crémone. Et il payait bien.

Antonio redressa le manche, changea les cordes et remplaça le chevalet. Puis redora le *Caspani* avec un vernis brun foncé. Le tout finalement avait de l'allure et Beretta en pleura presque de joie quand il revint un mois plus tard.

Avec les lires de Crémone posées sur la table, Beretta ne put s'empêcher d'y ajouter un paquet de nougat au miel et aux amandes.

Giulia, qui venait d'avoir deux ans, laissa les lires à son père et fourra le nougat dans sa bouche.

23

Francesca aimait son mari. Elle l'aimait si fort qu'elle lui donna un fils. Ils pleurèrent ensemble en voyant cet être si fragile venir au monde.

Antonio ne sut comment la remercier. Il la couvrit de pétales de rose et de copeaux de bois. Francesca riait aux éclats.

– Comment veux-tu l'appeler ? lui demanda-t-elle.

– Comme toi. Francesco.

Elle sourit, oubliant la douleur et la fatigue.

Giulia se pencha au-dessus du berceau. Elle prit son frère dans ses bras et désira lui donner le morceau de nougat qu'elle avait conservé pour lui, si précieusement.

Antonio retint son geste.

– Il faudra que tu patientes encore un peu, il vient tout juste de naître.

– Combien de jours ? questionna la fillette.

Cinq. Comme les épicéas.

Cinq petits jours.

Une forte fièvre, en effet, prit l'enfant dès le lendemain de sa naissance. Sa mère eut à peine le temps de le caresser, de ressentir son odeur, de lui donner le sein. Il toussait sans cesse. Antonio, inquiet, fit venir le médecin.

– Il faut le baptiser tout de suite, dit-il simplement.

Francesca emmaillota l'enfant et Antonio courut à l'église Sant'Agata, à cent pas de là. Le soir, ils le couchèrent entre eux, espérant… je ne sais quoi.

Au matin du cinquième jour, la fièvre l'avait emporté.

Cinq. Comme les épicéas.

– Prends soin de toi.

Dans l'espoir que Francesca allât mieux, Antonio avait retardé de plusieurs semaines son départ. Mais personne n'allait mieux. Ni elle ni Antonio.

Giulia, heureusement trop petite pour comprendre, avait rangé son morceau de nougat et attendait des jours meilleurs.

Toute la famille attendait des jours meilleurs. Ils ne pouvaient pas être plus sombres.

– Prends soin de toi, avait-il répété.

Francesca avait levé les yeux vers lui.

Puis il lui dit :

– Je reviendrai, ne crains rien.

24

Ainsi, le 15 avril 1670, Antonio quitta pour la seconde fois Crémone.

C'était un mardi.

Cette fois, il emporta ses outils, des cordes, de l'huile de lin pour le vernis, du papier, et de la colle d'os en perles.

Le premier jour, il ne fit pas la même erreur que le voyage précédent. Il prit lentement la direction de l'est et ne traversa, par un pont en bois, la rivière Oglio que le deuxième jour. Puis il remonta plein nord.

Il passa à proximité du village de Castel Goffredo le troisième jour et fut, quelques heures plus tard, en vue du lac de Garde.

C'est alors que la pluie le surprit. Une pluie violente et glaciale comme il en tombe parfois à cette époque de l'année.

Il atteignit avec peine la ville fortifiée de Peschiera del Garda et s'abrita les quatrième, cinquième et sixième jours. Il sortit peu, préférant écouter le déluge. Les rues étaient désertes, inondées. La fin du monde.

Ce ne fut que le septième jour, en fin de matinée, qu'il reprit son périple.

Il marcha au bord du lac de Garde, qu'il ne perdit pas des yeux un instant, les trois jours suivants, et franchit l'Adige par un vieux pont en pierre.

Après une rude journée, il entra le onzième jour dans la ville de Trente.

Ce fut ici, au matin du douzième, que commença l'ascension.

Peu à peu les peupliers et les frênes cédèrent leur place aux pins sylvestres et aux rhododendrons.

Le treizième jour, il passa près des lacs de Serraia et de Piazze, figés par la glace. Il déposa ses affaires sur un talus et glissa, tel un enfant, sur l'eau gelée. Il glissa ainsi jusqu'au soir, riant, en oubliant tout.

Le lendemain, il pénétra dans une vallée traversée par un cours d'eau tumultueux que les gens du pays appelaient Aviso.

Depuis plusieurs lieues déjà, les paysans employaient une langue singulière, mâtinée d'italien et d'allemand. Pour dire bonjour ils ne disaient pas *buon giorno* mais *bun dé*. Au revoir se disait *aroeder* et non *arrivederci*. Arbre se traduisait par *alber*, et forêt par *bosch*. Soixante et onze s'énonçait *setantun*. Antonio n'eut aucun mal à se faire comprendre.

Le quinzième jour, il traversa le village de Predazzo. Il n'était plus qu'à un jet de pierre de la forêt de Paneveggio.

Et en effet, le seizième jour, en fin de journée, il aperçut le hameau. Quatre baraques en bois, côte à côte, nichées au creux de la vallée.

Ici rien n'avait changé. Les montagnes, où qu'il regardât, étaient enveloppées de rose.

25

Antonio avançait paisiblement. C'était rassurant de retrouver le hameau tel qu'il l'avait quitté. Les deux bergers de Bergame l'avaient sans doute flairé depuis un moment. Mais ni l'un ni l'autre n'aboyèrent. Ils relevèrent dans un même mouvement leur museau, puis remuèrent la queue.

Ce fut alors qu'il la vit.

La robe repliée jusqu'en haut des hanches, la jeune fille – qui était presque devenue une femme – se lavait les cheveux. Et bien qu'elle fût de dos, il sut sans hésiter que c'était elle.

Antonio ne baissa pas le regard. Il en fut incapable. Ce dos nu s'offrait à lui. Et luisait, comme les violons de son imaginaire, dans la lueur chaude et brune d'un soir.

Si fragile et si puissant à la fois.

Si sensuel.

Antonio ne fit rien pour signifier sa présence. Il demeura figé, droit, pareil au sapin rouge des montagnes. Son cœur, lui, battait la chamade.

Puis la jeune fille versa un broc d'eau sur ses cheveux, aux reflets de miel, et se retourna.

Le temps alors s'arrêta. Seul le vol d'un aigle royal, haut dans le ciel, indiqua que la vie ne s'était pas interrompue.

Peut-être avait-elle quinze ans à présent, ses yeux toujours en amande.

Quand elle reconnut Antonio, elle couvrit le haut de son corps de ses bras et, sans un mot, se réfugia dans la maison des femmes.

26

– C'est la fille de mon fils, Battista, celui qui vit à Trente.

Giuseppe se tenait face à Antonio. Ils avaient été heureux de se revoir. Le premier avait tendu la main, le second l'avait serrée. Ensemble ils étaient allés allumer un feu dans la quatrième maison, la plus éloignée. Puis la femme de Giuseppe avait apporté deux bols de soupe, qu'ils burent en silence. Et parce que c'était un soir pas comme les autres, qui marquait le retour d'Antonio, Giuseppe servit son vin rouge préféré, celui de Bolzano. Alors, seulement, ils se mirent à parler.

– Tu n'entendras jamais le son de sa voix. Elle est sourde. Et muette. Il n'y a pas grand-chose à en tirer. C'est une honte pour mon fils. C'est pourquoi elle vit ici, avec nous, loin des regards et de la ville. Il n'y a que ma femme qui sache se faire comprendre. Elles ont de drôles de gestes entre elles, qui signifient boire, manger, dormir. Je ne veux pas me mêler de ça. Il aurait mieux valu pour nous, et pour elle, qu'elle soit aveugle. Elle aurait pu mendier, gagner sa vie, vivre seule. Elle est ici depuis l'âge de quatre ans et, crois-moi, elle ne quittera jamais le hameau.

Giuseppe fit alors quelque chose qu'il n'avait pas l'habitude de faire. Il saisit la bouteille et se servit un second verre. Puis il le vida d'une traite, comme pour chasser ses idées noires.

– Comment s'appelle-t-elle ?

– Elle n'a pas de nom. Pourquoi veux-tu qu'elle ait un nom ? La pauvre fille n'entend rien. Et si mon fils Battista lui en a donné un, c'était il y a longtemps. Et personne ne s'en souvient.

Les deux hommes restèrent ainsi, près du feu, les bergers de Bergame à leurs pieds. Alors Giuseppe se leva et déclara d'une voix brisée :

– Tu n'as pas changé, mon ami de Crémone. Tu m'as fait parler en une fois, plus que je ne parle en une année.

Antonio se leva à son tour.

Giuseppe ajouta :

– Je te remercie d'être revenu.

– Nous avons un pacte, dit simplement Antonio.

– Oui, nous avons un pacte.

Et sur ces mots ils se saluèrent.

27

Antonio se mit au travail.

Giuseppe lui fournissait du bois, et sa femme des soupes et du pain.

Parfois elle cuisait des lentilles qui baignaient dans l'huile achetée dans la vallée. Il y avait des œufs deux fois par semaine. Et le premier dimanche de chaque mois, Giuseppe tuait une poule.

Le matin, Antonio ouvrait sa porte et découvrait, posé à même le sol, un bol de myrtilles. Et si ce n'étaient pas des myrtilles, c'étaient des airelles bleues, des raisins-d'ours ou des groseilles. Il les conservait précieusement jusqu'au dîner.

Avec le moule en noyer qu'il avait apporté de son atelier, le montage du violon fut plus aisé. Il découpa d'abord les éclisses. Six lames, de la hauteur d'un pouce et de la taille d'une main, dans un bon érable, qu'il fixa, après les avoir chauffées, autour du moule. Il s'attela ensuite à la table d'harmonie et à la table du fond.

C'était de loin le travail le plus délicat. L'épaisseur des tables devait être d'une précision extrême. La qualité du son en dépendait. Antonio sculpta ainsi l'une et l'autre, patiemment, jour après jour, pour atteindre la hauteur de voûte souhaitée. La table d'harmonie, taillée dans une belle planche de sapin – qui malgré quelques nœuds et imperfections faisait largement l'affaire –, eut une épaisseur légèrement plus importante au niveau de l'âme et autour des deux *f*, puis s'affina vers les flancs. La table du fond, en bois d'érable, fut davantage voûtée afin de doter l'instrument d'une sonorité plus chaude.

Antonio colla le fond aux éclisses, qui délimitaient déjà la silhouette du futur violon. Puis ôta le moule avec soin. La table d'harmonie fut ajoutée au coffre, en utilisant la colle d'os de Crémone qui se présentait sous forme de perles.

L'ensemble fut fermement maintenu à l'aide de quatre étaux.

Depuis plusieurs jours, Antonio avait remarqué que la jeune fille l'observait. Sa tête blonde apparaissait de temps à autre à travers la fenêtre. Mais il avait préféré ne pas réagir, tant il était au montage de son violon.

Un soir, néanmoins, il demanda à Giuseppe s'il pouvait la laisser approcher.

– Elle est sauvage. Elle va t'importuner.

– Je m'en accommoderai.

– Elle n'a pas l'habitude des étrangers.

– Je ne suis plus un étranger.

– Elle ne dit rien. N'entend rien.

– Justement, sa présence ne sera pas une présence.

Giuseppe croisa les bras et abaissa son menton sur sa poitrine. Il resta ainsi, les yeux mi-clos, jusqu'à ce que les flammes deviennent des braises. Alors il ôta sa pipe et dit simplement :

– Tu ne sais pas dans quoi tu t'aventures.

Le lendemain, aux aurores, Antonio sortit de chez lui et ramassa un bol de mûres sauvages. Mais cette fois-ci, il laissa la porte ouverte.

28

Le premier jour, personne ne franchit le seuil.

Le deuxième jour non plus.

Le troisième, Antonio entendit à plusieurs reprises le bois craquer autour de l'entrée.

Ce ne fut que le quatrième jour, un peu avant midi, qu'elle osa se montrer.

Vêtue d'une robe beige, sans doute sa robe d'été, elle était nu-pieds.

Elle s'arrêta un long moment près de la porte.

Antonio, lui, demeura impassible autant qu'il le put. Il poursuivit son travail sans relever les yeux. Comme s'il n'avait rien entendu.

Elle approcha, enfin, ses deux bras remontés près du corps en signe de protection.

Elle approcha.

Alors seulement, et avec une lenteur infinie, Antonio redressa la tête.

La jeune fille était face à lui, de l'autre côté de la table.

Ses longs cheveux, couleur de miel, étaient détachés et tombaient le long de son dos. Ses yeux en amande étaient d'un vert léger.

Antonio y lut de la crainte, de la surprise aussi, et beaucoup d'innocence.

Sauvage, elle l'était.

« Un chat sauvage », voilà ce que pensa Antonio.

Puis après l'avoir longuement regardée avec toute la douceur dont il était capable, il se remit à l'ouvrage, dessinant avec virtuosité la volute du manche.

La journée se passa ainsi, chacun de son côté de la table, à épier l'autre.

Finalement, les bras de la jeune fille retombèrent le long de son corps.

Ce geste était une promesse. Comme un acte d'abandon.

Ce cérémonial recommença le lendemain. Puis le jour suivant. La jeune fille entrait, observait Antonio, et disparaissait à la fin du jour.

Près du feu, avec Giuseppe, les deux hommes évitaient d'aborder le sujet. Il était souvent question de bois, des épicéas qui séchaient à l'étable, de la guerre vénéto-ottomane jugée désastreuse pour le commerce, des villages voisins si proches et néanmoins si lointains, du froid qui s'attardait dans la région, de la chasse que Giuseppe pratiquait peu, de ses fils qu'il ne voyait jamais, de ce hameau qu'il avait toujours habité, et que son père et son grand-père avaient habité avant lui, du temps passé qui paraissait plus doux et plus agréable, et du temps futur qui, lui, ne laissait rien présager de bon.

D'elle, de la jeune fille, Giuseppe ne disait jamais mot.

Ils vivaient l'un à côté de l'autre, mais un océan plus vaste que tous les océans les séparait.

29

Un matin, tandis qu'Antonio sculptait avec soin la spirale de la volute, il se passa quelque chose d'inattendu.

La jeune fille fit un geste.

Elle attira d'abord son attention en frappant à deux reprises la table de son index. Puis elle réunit ses doigts en faisceau et les porta à sa bouche.

Antonio demeura stupéfait aussi bien par le geste que par sa signification. Mais aussitôt il pensa que la jeune fille cherchait à communiquer avec lui.

Il secoua la tête, indiquant ainsi qu'il n'avait pas compris.

Alors la jeune fille recommença. Elle réunit ses doigts en faisceau et les porta cette fois-ci, en souriant, à sa bouche.

Il se figura naturellement qu'elle avait faim. Il saisit le bol d'airelles bleues et le posa face à elle.

Mais la jeune fille repoussa le bol d'un mouvement de la main.

Son index pointa la volute, les autres pièces du violon, et elle renouvela une troisième fois son geste : ses doigts en faisceau, son sourire, sa bouche.

Alors Antonio sourit.

Ce qu'il sculptait était « beau ».

L'instrument bizarre qui prenait forme, jour après jour, devant ses yeux, était « beau ». Voilà ce que lui disait la jeune fille.

« Beau. »

Tel fut le premier mot qu'ils échangèrent. Quatre lettres, uniquement, mais d'une portée extraordinaire.

Il se garda bien d'en parler à Giuseppe le soir même. Mais tandis que les flammes crépitaient, Antonio ne pensait qu'à cela : il avait établi un lien. Ou plus exactement la jeune fille avait établi un lien. Et ce lien signifiait tant de choses.

En premier lieu qu'elle était douée d'intelligence et de sensibilité.

Qu'elle avait confiance en lui.

Mais surtout qu'elle désirait sortir de son immense solitude.

Giuseppe s'était levé et attisait le feu à l'aide d'une longue tige en bois.

– Quand auras-tu fini ? lui demanda-t-il soudain.

– Dans une quinzaine de jours.

– Es-tu content de ton travail ?

– On ne monte jamais deux fois le même violon. Mais je crois que celui-ci aura un timbre plus chaud que le précédent.

Giuseppe reprit place aux côtés d'Antonio.

– Sais-tu ce que je ferai de tes violons lorsque tu auras terminé ?

Antonio resta silencieux.

– Je demanderai qu'on m'enterre avec eux. Avec les cinq.

Giuseppe marqua une courte pause, puis ajouta :

– Je n'ai pas appris à en jouer ici-bas. Je serais heureux qu'on m'accorde ce don au Paradis.

30

Chaque matin, la jeune fille retrouvait Antonio.

Elle apportait invariablement un bol de fruits – rouges, bleus ou noirs – qu'elle était allée cueillir un peu plus haut dans la montagne. Ils les dégustaient en silence, puis Antonio se mettait au travail.

Son langage était rudimentaire. Elle savait exprimer ses émotions, la crainte notamment, la joie, et avait à sa disposition une dizaine de gestes qui signifiaient – en dehors de « beau » – manger, se laver, chaud, froid, partir marcher, dormir, hier, demain, et quelques autres qui lui étaient utiles au quotidien.

Mais dans ses yeux brillait une lueur qui ne demandait qu'à apprendre.

Alors ensemble ils inventèrent d'autres signes. Elle comprit ainsi qu'Antonio habitait loin du hameau, dans une ville, très grande, et qu'il aimait fabriquer des violons. Ils imaginèrent un geste pour *arbre* (Antonio plaça sur sa main gauche le coude de sa main droite, l'avant-bras levé tel un tronc, et les doigts écartés en rameaux avec un léger frémissement), un autre pour *miel*, comme la couleur de ses cheveux, et un autre pour *rouge*, comme les fruits du matin ou le vernis à base de vermillon que déposait Antonio sur la table d'harmonie.

Puis un jour, tandis qu'un violent orage s'abattait sur le hameau, la jeune fille unit ses deux index en une ligne parallèle.

Antonio en saisit aussitôt le sens : « amis ».

Il hocha la tête.

– Oui, amis, murmura-t-il doucement.

Il lui arrivait aussi de parler des heures entières, oubliant du même coup que la jeune fille n'entendait pas.

À la fin du mois de juin, après cinquante et un jours de travail, le second violon fut achevé. Le manche avait été collé à la caisse de résonance, la barre posée sous la table supérieure, les ouïes finement taillées, et les chevilles fixées sous la volute. Antonio l'avait conçu à nouveau comme Niccolo Amati concevait les siens : un modèle relativement petit et plutôt large. L'emprise du maître demeurait encore évidente. Mais l'instrument, cette fois-ci, présentait bien. Élégant, raffiné, il était sans défaut.

D'un geste précis Antonio avait fixé l'âme du violon entre les deux tables, un peu en arrière du pied droit du chevalet.

Et sur cette tige en bois toute simple, en sapin, la pièce assurément la plus importante, il avait gravé un nom.

Le nom qu'Antonio avait donné à la jeune fille.

Car sans un nom, ni les hommes ni les choses n'ont d'existence.

Il avait écrit : Silvia, qui signifie « forêt ».

Puis pour expliquer ce qu'était une âme, il ramena l'index de sa main gauche du front au cœur.

31

Cette nuit-là, pour Giuseppe, il joua des airs gais et entraînants, à l'opposé de ce qu'il ressentait. Le vieil homme battait du pied et les deux chiens, en cadence, remuaient la queue. Mais Antonio était sombre. Car la jeune fille n'entendrait jamais le son de ce violon. Ni celui d'aucun autre.

Il joua ainsi des heures, jusqu'à épuisement.

Lorsqu'il salua son hôte, au petit matin, deux violons trônaient sur l'unique meuble de la maison, un coffre en bois sculpté.

Alors, pour la première fois depuis son arrivée, il se sentit pressé de rentrer à Crémone.

Antonio réunit ses affaires et sortit de la quatrième maison, la plus éloignée. Il fit une halte à l'étable. Les cinq épicéas, découpés en billes, patientaient. Il posa un long regard sur chacun d'eux, comme s'il s'agissait de ses enfants, puis s'éloigna.

Dehors, le hameau et la forêt de Paneveggio s'éveillaient. Mais il préféra ne pas s'attarder. La jeune fille dormait encore, certainement, et c'était mieux ainsi. La dernière chose qu'il vit, fut une tache rose lumineuse posée sur les toits.

Alors il tourna les talons et entama sa lente descente vers Predazzo.

Il entra dans Crémone, par la porte est, quelques jours plus tard.

Francesca et Giulia l'attendaient contrada Magistra. Elles coururent vers lui quand elles l'aperçurent. Antonio les serra contre lui, l'une et l'autre, aussi fort qu'il le put. Et les couvrit de baisers.

Après avoir couché Giulia, ils montèrent au seccadour. La nuit était claire et sereine. Ils s'allongèrent sur un matelas fourré de plumes, de laine et de copeaux de bois. Là, ils s'aimèrent avec douceur. Lentement. Comme pour tenter de se souvenir de chaque seconde, chaque odeur, de chaque promesse.

Antonio ne fut jamais aussi tendre ni Francesca aussi belle.

Le monde pouvait bien s'écrouler ensuite, que leur importait ?

– As-tu soif ? demanda Francesca.

– Non, souffla Antonio en secouant la tête.

– Faim ?

– Oui, j'aimerais des fruits. Des fruits rouges.

Francesca revint avec un bol de framboises qu'ils dégustèrent ensemble, en silence.

Et comme la nuit n'était pas finie, ils s'aimèrent encore.

32

Antonio, cependant, avait changé.

Francesca nota, dans les jours suivant son retour, une certaine impatience dans sa voix et un désir toujours plus fort d'être seul. Elle ne s'en alarma pas et lui apprit qu'un prêtre de San Lorenzo avait cherché à plusieurs reprises à entrer en contact avec lui.

Le lendemain Antonio rencontra ce prêtre. Celui-ci, après l'avoir remercié d'être venu jusqu'à lui, le conduisit sans délai au palais de l'évêque, derrière le Torrazzo.

Antonio attendit dans une antichambre dont les plafonds étaient décorés avec raffinement, et les murs couverts de feuilles d'or. D'autres hommes patientaient également. Certains étaient d'Église, d'autres richement vêtus. À tour de rôle, ils étaient reçus par l'évêque de Crémone, monseigneur Isimbardi.

La matinée passa, puis l'après-midi.

Dans l'antichambre, il ne resta qu'Antonio.

Quand finalement on l'appela, il se leva et entra dans le bureau de l'évêque. Isimbardi se tenait derrière une magnifique table en acajou sur laquelle était posée une horloge incrustée de pierres bleues et rouges. Elle sonna cinq heures.

L'évêque redressa les yeux vers Antonio, qui hésitait sur la démarche à suivre. Fallait-il le saluer un genou à terre ou embrasser l'anneau épiscopal ? Il préféra ne rien faire et se tint fixement jusqu'à ce que son hôte prenne la parole.

– J'ai ici deux violons du grand luthier Gasparo da Salò, qui ne me donnent plus satisfaction. Pensez-vous être capable de leur redonner vie ?

Antonio se retourna. Deux étuis noirs attendaient sur une console. Sans un mot il s'en approcha, les ouvrit, et examina les instruments.

Après un moment il répondit simplement :

– Oui.

– Très bien. Quand serez-vous en mesure de les rapporter ?

– Un mois.

Cette commande fut une aubaine. Non seulement car monseigneur l'évêque paya en lires impériales. Mais aussi par la qualité des instruments. Antonio détendit les cordes, retira le chevalet et démonta les violons. À l'intérieur, collée à la table du fond, la première étiquette indiquait : *Gasparo da Salò, Brescia, 1592.* La seconde était datée de 1589.

Ils étaient, l'un et l'autre, d'une beauté inouïe.

Antonio tremblait, pareil à un enfant. Il plaçait ses mains là où le maître avait placé les siennes et sentait la même odeur du bois. Communion.

Mais ce fut surtout l'originalité des violons qui marqua son esprit. Les voûtes étaient peu élevées, les CC allongés et gracieux, les *f* pointus et placés presque parallèlement. Et que dire du vernis rouge brun, d'une remarquable douceur de ton, qui avait dû légèrement se foncer avec le temps ?

Antonio mesura ainsi le long chemin à parcourir avant de pouvoir créer des violons de cette force.

Mais à son grand étonnement, cela ne lui fit pas peur.

33

Intensité et sonorité.

Tels étaient désormais les mots qui occupaient son esprit.

Intensité et sonorité. Ou plus simplement, comment échapper à l'emprise que le vieil Amati exerçait encore ? Comment créer ses propres violons, plus modernes, plus puissants ? Comment se faire un nom et devenir à son tour un grand maître ?

Les deux *Gasparo da Salò* de monseigneur Isimbardi lui avaient confirmé qu'une autre voie était possible. Mais laquelle ? Laquelle emprunter sans rester, sa vie entière, un pâle imitateur ?

Contrada Magistra, la vie s'organisait. Antonio descendait dans son atelier aux premières lueurs du jour et ne le quittait qu'à la tombée de la nuit. L'hiver, il allumait une bougie qu'il introduisait dans une lanterne, et travaillait encore et encore, tandis que Francesca et Giulia dînaient seules deux étages plus haut.

Antonio cherchait, dessinait sur papier. Des violons plus courts, plus larges, plus étroits, des ouvertures d'ouïes plus importantes. Déchirait. Recommençait.

Où se cachait la sonorité d'un violon ? Dans la hauteur des voûtes ? Le vernis ?

Déchirait. Déchirait.

Déchirait !

Mais cela coûtait toujours moins cher que de briser des violons.

Il ne rejoignait Francesca que tard dans la nuit. Il se glissait dans son lit et l'entourait de ses bras. Elle aimait cela, qu'il vienne se coller contre elle, quelle que soit l'heure, en lui murmurant des mots tendres. Elle aimait qu'il place sa main sur son ventre – qui grossissait à vue d'œil. Une main, tel un sarcophage, comme pour la protéger elle et l'enfant qui allait naître.

Car Francesca, qui signifie « libre », avait peur.

Peur que la maladie n'emportât une nouvelle fois l'être fragile qui poussait dans ses entrailles.

– Tout ira bien, tu verras.

– Tu en es certain ?

Antonio se serrait alors davantage, afin qu'ils ne forment plus qu'un.

34

On dit que l'évêque de Crémone, Pietro Isimbardi, réputé pour sa froideur, versa une larme (certains disent même plusieurs) quand Antonio revint dans son bureau, et joua des airs d'une pureté infinie avec ses *Gasparo da Salò*.

– Vous ne leur avez pas redonné vie, dit-il. Vous leur avez insufflé une âme.

Antonio, à sa demande, joua encore.

Isimbardi ferma les yeux et oublia les gens de haut rang qui patientaient dans la pièce voisine. Ils patientèrent longtemps ce jour-là.

On dit aussi que ce fut à la suite de cette entrevue qu'un homme portant un chapeau, une épée et un col en dentelle, franchit le seuil de sa boutique. Il s'exprimait avec un accent haut perché et affirma ne pas habiter Crémone, mais Mantoue. Et plus exactement le palais ducal, puisque selon ses dires il était l'émissaire du duc. Il portait avec lui un étui rouge foncé. Mais s'empressa de préciser :

– Ce n'est pas un violon, c'est un *Maggini*.

Et, en effet, un magnifique *Giovanni Paolo Maggini* habitait l'étui.

– Enfin « c'était », ajouta l'homme à l'épée. Car depuis peu, il est éteint. Les sons sont mats et mon maître n'a plus plaisir à l'écouter.

Antonio approcha tel un aimant. Il hésitait à le toucher.

Maggini. Plus grand encore, peut-être, que Salò.

Finalement il saisit l'instrument par le manche.

Il était plus léger qu'une plume et si bien proportionné. Son vernis tirait sur un jaune brun qui semblait identique à de l'or. Une merveille.

L'homme paya rubis sur l'ongle, en pièces d'argent frappées à Mantoue. On dit que le duc, Charles III, fut si impressionné par la nouvelle sonorité, chaude et profonde, qu'il dormit ce soir-là avec son *Maggini*.

Le nom d'Antonio dépassait à présent les frontières de Crémone. Et d'autres émissaires vinrent de Parme, Milan, Modène.

Ils arrivaient soucieux et repartaient, quelques semaines plus tard, enchantés.

Mais tandis que sa bourse gagnait en rondeur, Antonio demeurait sombre.

Remettre en état, régler, modifier, réparer… ce n'était pas fabriquer, ce n'était pas créer ! Mais il fallait faire contre mauvaise fortune bon cœur, et plonger dans les violons qu'on lui livrait. Ouvrir un *Maggini*, un *Stainer* ou un *Della Corna*, c'était comme ouvrir un livre. Mieux, comme ouvrir un monde. Un monde dont Antonio s'efforçait de percer les mystères.

35

Francesca accoucha d'un garçon. Il fut décidé qu'on le prénommerait comme le précédent, décédé un an plus tôt, Francesco. Il fut baptisé le jour même. Mais autant le premier avait été frêle et fragile, autant celui-là braillait du matin au soir. Un véritable violoncelle.

Giulia ne retrouvait plus le morceau de nougat qu'elle avait si précieusement conservé pour le nouvel arrivant. Son père lui promit de se rendre chez monsieur Beretta dès le lendemain, pour en acheter un entier. Ce qu'il fit. Mais le vendeur de nougat refusa tout net les deux lires et cinq sols qu'il déposa sur le comptoir.

– Pour vous c'est gratuit, dit-il. Et cela jusqu'à ma mort !

Antonio le remercia.

Et Giulia put enfin partager la divine pâte sucrée avec son frère.

Les mois passèrent.

– Et Pescaroli ? demanda Francesca, un soir, alors qu'ils dînaient côte à côte au seccadour.

– Quoi, Pescaroli ?

– Que fait-il ? Vous ne travaillez plus ensemble ?

– Le monastère de Sant'Abbondio lui a commandé une bibliothèque. Et pour répondre à ta seconde question, je n'ai pas le temps.

Puis il ajouta :

– Regarde ce que nous avons reçu ce matin.

Et il sortit fièrement, de la poche de son tablier en peau, une lettre.

Oui, une lettre, qui lui était destinée.

Francesca observa de longues secondes les mots et les phrases qui dansaient devant ses yeux sans en comprendre le sens. Antonio les déchiffra.

Un riche marchand de Vérone lui offrait enfin ce qu'il avait toujours désiré. Fabriquer un violon.

Oui, Francesca avait bien entendu. Un violon !

Un acompte royal de trois pièces d'or accompagnait la lettre. Et bien qu'il n'y eût pas de carnaval à Crémone ce soir-là, Francesca et Antonio dansèrent une bonne partie de la nuit.

Antonio écrivit en retour qu'il acceptait les pièces d'or, et qu'il livrerait lui-même le violon. Vérone n'était qu'à une journée de marche de la ville fortifiée de Peschiera del Garda, et donc sur le chemin de Paneveggio.

36

Ainsi, le 13 juillet 1672, Antonio quitta pour la troisième fois Crémone.

C'était un mercredi.

Il emporta bien entendu ses outils, des cordes, de l'huile de lin pour le vernis, du papier, et de la colle d'os en perles.

Il apportait également le violon de Vérone. Le montage lui avait demandé un peu moins de deux mois. Mais au final et après avoir longuement hésité, Antonio avait décidé de ne pas le signer. Aucune étiquette n'était collée à la table du fond.

– Pas assez puissant ! Pas assez mélodieux ! grognait-il, déçu par sa création.

Ce fut donc à contrecœur et en traînant les pieds qu'il se mit en route.

Le premier jour, sous une chaleur accablante, il prit la direction de l'est. Il fit une pause à midi, deux heures et quatre heures. Il ne traversa la rivière Oglio, par le pont en bois, que le deuxième jour, au matin.

Puis il remonta plein nord.

Il passa à proximité du village de Castel Goffredo le troisième jour, toujours empreint d'une humeur maussade et solitaire, et patienta jusqu'à la tombée de la nuit avant d'être en vue du lac de Garde.

Il atteignit la ville fortifiée de Peschiera del Garda le lendemain, et passa le cinquième jour à se reposer.

Le sixième, enfin, il entra en maugréant à Vérone.

À quelques pas des arènes, il trouva aisément la demeure du marchand. Il fut contraint d'y loger trois jours et trois nuits.

Au moment du départ, celui-ci lui versa quatre autres pièces d'or et son éternelle sympathie, tant la beauté et la sonorité du violon le comblèrent.

– Amateur, murmura Antonio.

– Vous dites ?

– Rien.

– Restez donc un peu plus avec nous !

– Impossible, on m'attend.

Il se remit ainsi en marche, aux premières heures du dixième jour, le cœur enfin plus léger. Et puisqu'il venait de Vérone, il longea, non pas le lac de Garde mais le Monte Baldo, une succession de montagnes sur la rive orientale, qu'il ne perdit pas des yeux un instant les trois jours suivants. De même, il n'eut pas à franchir l'Adige par le vieux pont en pierre.

Il arriva cependant dans la ville de Trente le quinzième jour, après une belle journée, où la chaleur avait été atténuée par un vent frais et agréable.

Ce fut ici, de bon matin, que l'ascension débuta.

Lentement, à mesure qu'il grimpait, les ifs et les aulnes blancs cédèrent leur place aux sorbiers et aux sureaux rouges et noirs.

Lorsqu'il parvint au lac de Serraia, le dix-septième jour, il s'y baigna et passa l'après-midi à ne rien faire. Il s'allongea sur l'herbe et évita de penser.

Le lendemain, après avoir contourné le lac de Piazze, il s'enfonça dans une vallée traversée par un cours d'eau tumultueux que les gens du pays appelaient Aviso. Il reconnut alors cette langue singulière, mâtinée d'italien et d'allemand, dans laquelle ils s'exprimaient. Il leur demanda quel jour il était. Ils répondirent *sabeda*, pour samedi. Puis ils lui proposèrent de partager leur déjeuner. Quand il les quitta, il les remercia chaleureusement : *bel dilan !* dit-il.

Le dix-neuvième jour, il fit une halte pour la nuit au village de Predazzo. Il savait que la forêt de Paneveggio était toute proche et qu'il touchait au but.

Et en effet, le vingtième jour, en fin de journée, il aperçut le hameau. Quatre baraques en bois, côte à côte, nichées au creux de la vallée.

Ici rien n'avait changé. Le sommet des montagnes était comme à l'accoutumée, fardé de rose.

37

Giuseppe était à l'étable. Il préparait ses bêtes pour les monter le lendemain vers les pelouses alpines. Deux vaches et quelques chèvres. Il quittait le hameau six semaines avant de redescendre en septembre à la grande foire de Trente.

Il fut heureux de revoir Antonio, son ami de Crémone.

Comme ils en avaient pris l'habitude, ils dînèrent ensemble d'une soupe de lentilles et d'un verre de vin léger de Bolzano.

Ce moment était toujours sans paroles.

Puis Giuseppe allumait sa pipe, alors seulement les langues se déliaient.

– Qu'est-ce que c'est ?

– Ce sont deux pièces d'or, répondit Antonio.

Deux pièces, en effet, avaient roulé sur la table.

– Je vois bien. Mais que veux-tu en faire ?

– Payer mon bois.

Giuseppe releva ses yeux usés.

– C'est une grosse somme, ajouta Antonio.

Mais, devant le silence de son hôte, il dit aussi :

– Je dois retourner dans mon atelier, me perfectionner. J'ai encore tant à apprendre.

Giuseppe hocha la tête et souffla une fine fumée grise.

– Jouons aux cartes. Si tu gagnes, nous serons quittes, et tu pourras rentrer chez toi. Si je gagne, tu me devras encore trois violons.

Antonio acquiesça et le vieil homme distribua le paquet.

Il rejoignit la quatrième maison, la plus éloignée, tard dans la nuit. Il faisait doux, l'air était sucré, et une étoile filante déchira le ciel.

Lorsqu'il s'éveilla le lendemain matin, Giuseppe était déjà parti avec ses bêtes. Devant la porte, Antonio trouva le bois nécessaire au nouveau violon.

Et posé à côté, un bol de myrtilles.

38

Elle n'avait guère changé, et pourtant elle était si différente.

Ses cheveux, couleur de miel, étaient plus longs qu'autrefois et ses yeux plus décidés. Elle pouvait avoir dix-sept ou dix-huit ans.

Silvia, qui signifie « forêt ».

Elle portait autour du cou un collier en ivoire.

Antonio n'arrivait pas à se mettre au travail. Il tournait autour de la planche de sapin sans réelle envie, vide – quand elle entra.

Elle était presque sortie de ses souvenirs.

Il n'avait jamais cessé d'accompagner les siens.

Elle le salua d'un geste de la main, Antonio répliqua d'un bref mouvement de tête.

Il semblait las, désœuvré. Alors qu'il avait toujours vu les violons apparaître naturellement à l'intérieur du bois, ce jour-là il ne voyait rien. Le sapin paraissait opaque, indéchiffrable. Il aurait voulu le briser avant même d'avoir commencé.

La jeune fille lentement approcha, et lui toucha le bras.

Elle lui fit signe de la suivre.

Ils marchèrent l'un derrière l'autre durant une demi-lieue peut-être, jusqu'à atteindre un refuge en bois. Celui-ci devait accueillir les voyageurs et les pèlerins égarés pendant l'hiver. Il donnait sur un lac.

Sans pudeur, la jeune fille se déshabilla et plongea dans l'eau claire.

Antonio l'observa de longues minutes. Elle nageait sans crainte, là où lui se serait noyé. Elle toucha l'autre rive et revint aussi facilement vers lui. Puis elle grimpa sur le bord. Elle couvrit le haut de son corps de ses bras, et se retourna pour revêtir sa robe.

Ses longs cheveux dorés, trempés, couvraient la partie haute de son dos.

Son dos… Dans la lumière éclatante du matin. Sa peau si blanche, si fine, si soyeuse. Les contours de son dos, comme un violon.

Exactement les contours qu'il cherchait.

Tandis que le sapin était demeuré obscur le matin, mille violons épousèrent instantanément les formes de son dos.

Mille violons à la seconde.

Mille violons, qu'Antonio savait plus parfaits les uns que les autres.

Ils demeurèrent silencieux tout le chemin du retour. Et quand ils se quittèrent à l'approche du hameau, ils ne firent aucun geste.

39

Les jours qui suivirent, la jeune fille trouva porte close.

Antonio dessinait. Déchirait. Il utilisait tantôt le fusain, tantôt la sanguine. Il dessinait des dos. Des dos à l'intérieur desquels naissaient progressivement des violons. Les épaules légèrement tombantes, la taille échancrée, les hanches plus larges… dévoilaient lentement les CC, les ouïes… Antonio déchirait !

C'était là et pourtant insaisissable. Si proche, et pourtant si lointain.

Au quatrième jour, il fit quelque chose qu'il n'aurait jamais cru pensable. Il ouvrit sa porte et lorsque la jeune fille fut face à lui, il lui demanda sans un mot de se dévêtir.

Pour cela il indiqua le haut de sa robe et passa sa main droite sur le revers nu de sa main gauche.

Elle ne baissa pas les yeux, au contraire. Elle fixa longuement Antonio. Elle y lut son désir et son espoir. Alors elle prit le tabouret et l'installa au centre de la pièce. Elle enveloppa ses cheveux dans un voile, se tourna, et fit apparaître le haut de ses reins.

Antonio dessina. Avec des gestes incontrôlés, comme cela ne lui était jamais arrivé. Il dessina le dos de Silvia, qui signifie « forêt », à l'intérieur duquel il fit apparaître des violons, par milliers. Il dessina, de façon inconsciente, laissant parler son âme et son cœur. Il dessina, dessina.

Chaque matin la jeune fille entrait, nouait ses longs cheveux dans son voile, et se dénudait. Entre eux, de nouveaux signes virent le jour, plus complexes, qui leur permit de mieux se comprendre. Quand la jeune fille plaçait devant elle ses deux poings fermés, les pouces levés et leur imprimait un léger mouvement de marche, cela signifiait qu'elle désirait aller au lac et qu'Antonio l'accompagne. Quand elle en avait assez d'être assise, elle fermait sa main gauche et passait à plusieurs reprises sa main droite par-dessus. Ou alors, plus simplement, elle se levait, rajustait sa robe, et sortait. Et lorsqu'elle avait envie de voir ses dessins, elle posait son index sous son œil droit et le dirigeait vers les croquis.

Mais parfois un impénétrable silence les saisissait.

Comment lui faire comprendre ce que signifiaient *rêver*, *danser*, ou les *lois* qui unissaient le monde, ce qu'étaient la *bonté*, la *méchanceté*, et même le sens du mot *musique* ? Un après-midi, Antonio délaissa ses dessins et prit la jeune fille par la taille. Il fredonna un air et la fit tournoyer autour de lui, virevolter. Elle ouvrit de grands yeux, suivit ses pas, imita ses gestes. Et d'un coup, elle laissa éclater son rire ! Un rire sonore et puissant que seul Antonio entendit.

Ce fut ainsi pendant deux semaines, quatorze jours, Antonio dessina.

Puis, un soir, il releva sa sanguine.

Il avait enfin trouvé.

Avec des traits fins, il avait donné naissance à un violon plus allongé, moins large, aux proportions harmonieuses, qui, pour un œil exercé, n'avait rien à voir avec ceux de son vieux maître Amati.

Il posa son crayon et s'approcha de la jeune fille, assise le dos nu face à lui. Et sans hésiter, comme s'il avait refréné ce geste depuis le début, il vint, de la main, effleurer son dos.

La jeune fille ne sursauta pas. Et ne fit aucun mouvement brusque.

Alors, lentement il fit glisser ses doigts sur sa peau. Les épaules, les hanches, les côtes, la nuque. Et il ferma les yeux. Elle n'entendait rien. Il ne voyait rien. Mais tous deux ressentaient la même chose. Une douceur infinie les reliait, plus forte que les mots.

40

Dès le lendemain, il se mit au travail, dans une sorte d'état second, proche du somnambulisme. Il découpa les éclisses, monta les tables, colla le manche. Les ouïes furent redressées, affinées. L'âme fixée. Le vernis, à base de sandaraque, finement déposé. Mi-septembre, après trente et un jours de vertige absolu, le troisième violon, à l'image de la jeune fille, fut achevé.

Antonio tourna autour une bonne heure ou deux. Il se demandait quelle sonorité il pouvait avoir, s'il ne s'était pas trompé.

Enfin il le prit dans ses bras, avec précaution, comme s'il s'agissait d'un enfant sauvage, l'accorda, et fit rouler l'archet sur les cordes.

Alors, comme il l'avait expliqué une fois à Giuseppe, il entendit la voix de Dieu. Un son pur, exceptionnel. Et même si l'intensité n'était pas parfaite – le sapin ne pouvait rivaliser avec les épicéas qui séchaient à l'étable – le visage entier d'Antonio se mit à sourire. Oui, à sourire.

Voilà pourquoi lorsque la jeune fille entra ce soir-là, comme tous les soirs depuis des semaines, avec deux bols de soupe, Antonio ne lui laissa le temps de rien faire. Il lui prit aussitôt la main et la posa délicatement sur le violon. Puis il glissa l'instrument sous son menton. Elle le regarda de ses grands yeux, d'un vert léger, manier l'archet avec grâce. Que jouait-il ?

Puis, soudain, elle sentit une vibration. Infime, minuscule. Une vibration qui passait du bout de ses doigts et remontait à son cœur. Elle se rapprocha, frappée de stupeur. Et colla son front brûlant au violon. Antonio joua plus fort. Les vibrations se firent sons. Puis les sons se firent notes. Presque irréelles ! L'écho de la création du monde ! Et tandis que le visage entier d'Antonio souriait, la jeune fille se mit à pleurer. Oui, à pleurer.

Silvia, qui signifie « forêt ».

41

Il joua ainsi, uniquement pour elle, jusque tard dans la nuit. Ni l'un ni l'autre ne sut ensuite qui fit le premier geste. Une main effleura les lèvres si proches, s'y attarda, puis leurs bouches s'unirent. Nul ne pensa à souffler les bougies. Dans la pénombre de la quatrième maison, la plus éloignée, ils s'aimèrent, tout comme l'archet s'unit au violon, avec une patience inouïe. Les notes s'élevèrent, intenses et mémorables. Il apprit tous les secrets de son corps. Elle comprit le sens du mot passion. Il aima le sucre et la blancheur de sa peau. Elle lui dévoila son âme et toutes ses pensées.

Au petit matin ils s'endormirent enfin, les bougies consumées, tandis que le sommet des montagnes, dans le lointain, se couvrait de mille reflets roses.

42

Giuseppe revint de la foire de Trente le jour même.

Après une si longue absence, ses deux bergers de Bergame étaient heureux de retrouver le hameau. Ils couraient et aboyaient pareils à de jeunes chiens.

La femme de Giuseppe patientait devant sa maison. Il vint vers elle. Ils se regardèrent longtemps, comme surpris à leur âge d'éprouver encore un bonheur diffus. Giuseppe l'embrassa tendrement.

Puis il se rendit chez Antonio.

Quand il entra, celui-ci rassemblait ses affaires. La jeune fille avait disparu. Peut-être était-elle au lac ou partie cueillir des airelles bleues.

– Tu as déjà fini ? s'étonna Giuseppe en apercevant le violon.

– Oui, répondit-il.

– Ne pars pas immédiatement. J'aimerais t'entendre jouer ce soir. Tu t'en iras demain matin.

Antonio acquiesça.

La jeune fille demeura cachée la journée entière.

Cette nuit-là, pour Giuseppe, il interpréta des airs langoureux, où la joie se mêlait aux larmes. Le vieil homme, bien qu'éreinté par sa longue transhumance, ne perdit pas une note. Les bergers ne savaient pas trop comment réagir, l'un remuait la queue, l'autre hurlait à la mort.

Lorsqu'il quitta son hôte, au petit matin, trois violons trônaient sur l'unique meuble de la maison, un coffre en bois sculpté.

Antonio récupéra son sac, déjà prêt depuis la veille. Autour de lui, nul signe de la jeune fille.

Il fit une halte à l'étable, où ses cinq épicéas prenaient progressivement la teinte nacrée du bois sec. Il posa un long regard sur chacun d'eux, comme s'il s'agissait d'amis chers. Puis s'éloigna.

Dehors, l'air était doux. Il patienta encore, espérant l'apercevoir. Il n'entendit que le cri strident de l'aigle.

Alors il tourna les talons et débuta sa longue descente vers Predazzo.

Il ne prêta pas attention aux couleurs éclatantes de ce matin-là.

Le retour fut lent et pénible. Les jambes étaient lourdes, le cœur absent. Il entra pourtant à Crémone avant la fin du mois de septembre.

Francesca, Giulia et Francesco l'attendaient contrada Magistra. Giulia courut vers lui la première et sauta dans ses bras. Il s'approcha de Francesca, qui tenait leur fils par la main, et se surprit à la trouver aussi désirable qu'avant.

– J'ai pensé que tu ne reviendrais jamais, lui dit-elle.

– Tu vois, je suis rentré.

Elle vint alors se blottir contre lui. Francesca, qui signifie « libre ».

De loin on aurait pu croire qu'une seule personne marchait vers la maison d'Antonio.

43

Ce jour-là, caché dans ses affaires, il découvrit le collier en ivoire de la jeune fille, déposé comme un souvenir. Il s'assit devant la table en noyer de son atelier et l'observa longtemps.

Il repensa aux deux mois de vertige qu'il venait de passer, où justement il avait cherché à ne plus penser. Instinctivement, il avait créé le plus beau des violons, mais saurait-il le refaire ? Existait-il un modèle à partir duquel tous les autres violons naîtraient ? Un modèle géométrique, précis ?

Il se rendit chez l'imprimeur et commanda du papier. Chez le marchand de couleurs, il acheta des sanguines et des fusains.

Puis il s'enferma dans son atelier.

Au début, Francesca ne s'alarma pas.

Antonio avait changé, mais elle pensa que cela ne durerait qu'un temps, qu'il lui reviendrait aussi vite que les fois précédentes. Et lorsqu'elle montait seule au seccadour, observer les étoiles et contempler Crémone dans la douceur du soir, elle ressentait pourtant un léger pincement au cœur. Elle était en haut, Antonio était en bas. Tout les séparait.

En bas, justement, Antonio dessinait, des heures et des heures entières. Il ne mettait plus le nez dehors, ne parlait plus, sinon par grognements, et avait même tendance à boire un peu trop, du vin qu'il faisait venir à grands frais de Bolzano. De temps à autre, il quittait ses dessins, qui recouvraient le sol de son atelier, et se mettait consciencieusement à raboter une planche de sapin argenté. Quelle était l'épaisseur idéale des voûtes ? Pouvait-il déterminer la juste longueur du manche ? Était-il possible de fixer la largeur exacte des éclisses ?

C'était sans fin.

Une nuit, peu après minuit, il rejoignit Francesca.

Et, avec une tendresse infinie, il lui caressa le dos.

Ses doigts glissèrent le long de sa peau brune et lisse. Ses épaules arrondies, son cou gracile. Aucun mot ne fut échangé. Cela aurait pu durer jusqu'au petit jour. À un moment, pourtant, elle se retourna et l'embrassa fougueusement. Alors, cette nuit-là, ils s'aimèrent comme jamais ils ne s'étaient aimés.

Depuis son retour, malgré les risques que cela comportait, Antonio refusait toutes les nouvelles commandes. Elles pouvaient être adressées de Crémone, de Plaisance, et même de Brescia, la réponse était toujours identique :

– Non.

– Mais pour quelles raisons ? lui demandait Francesca.

– Je ne veux pas me disperser, disait-il. Je dois me focaliser sur mon étude.

– Quelle étude ?

– Le violon parfait.

Francesca l'observait avec des yeux ronds.

– Le violon parfait ?

Antonio hochait la tête.

Et tandis qu'il s'apprêtait à tourner les talons, elle ajoutait :

– Es-tu bien certain qu'il existe ?

44

Aux premiers jours du printemps, Antonio déclara qu'il devait s'absenter. Une affaire urgente à régler. Il ne donna pas plus de précisions à Francesca, sinon qu'il reviendrait d'ici quelques jours, une semaine tout au plus.

Il quitta donc Crémone le lendemain par la porte qui menait au Pô, emprunta le pont qui enjambait le fleuve et marcha une journée entière en direction du sud-ouest.

L'abbaye surgit au petit jour, au milieu de nulle part, tout en briques, avec une immense rosace située en plein cœur de la façade. Antonio s'approcha d'un frère convers, déjà au travail dans les champs jouxtant l'abbaye, et lui demanda poliment de prévenir le frère prieur de sa visite. Quelques instants plus tard, un homme tonsuré, vêtu d'une tunique en laine écrue, lui fit face.

– Vous vous souvenez de moi ? lui lança Antonio.

Le frère prieur plissa les yeux.

– Il me semble, oui.

– Je suis venu avec maître Pescaroli, il y a plusieurs années déjà. Nous vous avions livré un imposant autel en bois pour le chœur de votre église.

– Oui, bien entendu, je me souviens. Que puis-je pour vous ?

– C'est une démarche un peu délicate. Je sais que les moines de votre ordre ont fait vœu de silence. Or j'ai remarqué, à l'époque, que vous vous exprimiez avec des signes.

– En effet, cela nous permet de nous comprendre sans rompre nos vœux.

– Je suis venu afin que vous m'enseigniez ces signes.

Le frère prieur, un homme de taille modeste mais aux traits particulièrement fins, fixa Antonio un bref instant.

– Nous n'acceptons aucun étranger à notre ordre. Je suis désolé.

Mais avant même qu'il ait pu faire un geste, Antonio ajouta :

– Quand nous avons installé l'autel, avec maître Pescaroli, j'ai constaté que plusieurs bancs au réfectoire étaient cassés, d'autres étaient en bien mauvais état. Apprenez-moi les signes, et je les réparerai.

Le frère prieur, qui était un homme pragmatique, demanda un moment de réflexion. Puis accepta la proposition d'Antonio, à deux conditions.

La première, qu'il obtienne l'accord du père abbé, sans qui nulle décision ne pouvait être prise. La seconde, qu'Antonio, une fois dans l'abbaye, respecte lui aussi la règle de saint Benoît : le silence.

Puisque le frère obtint deux réponses affirmatives, il fut conclu qu'Antonio dormirait avec les convers, remettrait les bancs en état le matin, et apprendrait les signes durant son temps libre, les après-midi, avec le frère prieur à l'extérieur de l'abbaye.

À Crémone, Francesca avait repris le chemin du lavoir. Chaque matin, vers six ou sept heures, avec son fils accroché par un foulard à son dos, et Giulia qui ne lâchait pas le bas de sa robe, elle frappait aux portes des maisons du quartier Sant'Agata et remplissait une charrette à bras de linge, de draps, de mouchoirs, d'habits de toute sorte, qu'elle s'empressait de blanchir sur les rives du Pô.

Elle tint ainsi quatre jours.

Le cinquième, une fois les enfants couchés, elle ne put se maîtriser davantage et pénétra dans l'atelier d'Antonio.

Ce qu'elle vit la glaça.

Des dos. Par dizaines. Par centaines. Des dos dessinés, au crayon noir, au crayon rouge. Tous différents, et en même temps tous semblables.

L'atelier, en entier, en était recouvert.

Ce soir-là, elle grimpa au seccadour. Pour y chercher quoi ? Francesca n'en savait rien. L'air frais d'une nuit d'avril, peut-être. Ou les ombres des chats qui passaient de toit en toit. Le rire lointain des ivrognes de la taverne.

Puis soudain il y eut un cri, affreux, effrayant.

Le sien.

45

La vie à l'abbaye était réglée comme du papier à musique. Antonio n'eut aucun mal à s'y adapter. Il fut même surpris de constater qu'il demeurerait bien là une vie entière s'il le fallait. Le rythme des prières, du travail manuel, des chants aux offices, lui convenait. Le bruissement des tuniques, des sandales qui glissaient sur les dalles, l'apaisait. Il découvrit une communauté attachante, où chaque moine était une pierre de l'édifice. Le père abbé, qu'il croisa à plusieurs reprises, lui fit penser à son vieux maître Amati. Et il éprouva pour lui, instantanément, une certaine tendresse – bien qu'il n'entendît jamais le son de sa voix.

Le langage des signes monastiques permettait aux moines de tout exprimer, sans un mot. Grâce à lui, ils sortaient de la nuit noire dans laquelle les avait plongés le silence. Le frère prieur connaissait cinq cents signes environ, mais avouait humblement qu'il en existait plus de mille. Le premier qu'il avait appris, il s'en souvenait encore, fut *obéir*. Ses deux mains, paumes ouvertes, allèrent de droite à gauche dans un léger mouvement de soumission. Il sut rapidement ensuite, par nécessité, exprimer *uriner*, *se laver*, *travailler*, et même, cela surprit Antonio, traduire des mots comme *triste*, *pleurer* ou *rire* : avec son index gauche, le frère provoqua comme un sourire sur l'extrémité de sa bouche.

Puis un après-midi, tandis qu'ils marchaient côte à côte sur le chemin en terre qui menait à l'abbaye, il passa dans sa main gauche enfermée, les doigts de sa main droite unis en faisceau et les ouvrit telle une fleur.

– Qu'est-ce que cela signifie ? s'enquit Antonio.

– *S'épanouir*.

Le signe lui plut.

– Et comment dit-on aimer ou désirer ?

– *Aimer* se dit ainsi.

Le frère mit une main sur sa bouche, l'autre sur le cœur, et les rejoignit.

– Pour *désirer*, il suffit de faire ceci.

Il plaça ses deux mains devant lui, à hauteur de poitrine, et les dirigea vers Antonio.

Lorsque l'abbaye leur apparut, Antonio demanda encore :

– Et *ange* ? Quel serait le signe pour un *ange* ?

– Il suffit de croiser les deux bras en forme de x sous le menton et de leur donner un léger mouvement d'ailes.

Antonio acquiesça.

Le frère prieur s'apprêtait à pousser la lourde porte qui leur permettait d'entrer au monastère, quand il se retint.

– Je ne sais pas pour qui vous faites tout ça, dit-il. Mais je sais qu'elle vous en sera reconnaissante. Éternellement.

Le soir qui tombait de part et d'autre des collines habillait l'abbaye d'une couleur étrange. Elle n'était pas vraiment rouge, et pourtant les briques de la façade flamboyaient. Antonio fixait depuis un moment le frère prieur. Quand celui-ci posa les deux mains sur la lourde porte, il lui dit enfin :

– Comment savez-vous que c'est une femme ?

Le frère posa un pied à l'intérieur de l'abbaye et se retourna dans un geste parfait d'élégance et de sobriété. Il se contenta simplement de sourire.

Le dernier soir, après les vêpres, Antonio fut autorisé à partager le repas des moines au réfectoire. L'un d'eux lisait un passage de la Bible, les autres dînaient en silence. Antonio examinait les visages qui lui faisaient face. Lui partait le lendemain matin, eux restaient là entre ces murs, et y resteraient jusqu'à leur dernier souffle. À une table séparée, le père abbé et le frère prieur présidaient le repas. Tous étaient vêtus de la même tunique écrue. Seul Antonio portait ses habits noirs habituels.

Le frère qui lisait, très jeune, avait une voix posée. Ses paroles emplissaient distinctement la salle, malgré le tintement aigu des cuillers qui heurtaient les bols et les assiettes. Antonio se surprit à écouter. De quel Livre s'agissait-il ? Il n'en savait rien. Il ne comprit pas tout d'ailleurs, mais retint ceci :

« *De toutes les montagnes, je me ferai un chemin,*
Et les chaussées seront pour moi surélevées. »

Une fois dans sa cellule, il se demanda si ce passage lui était destiné.

Le lendemain, comme convenu, il partit.

Auparavant, il avait remercié le frère prieur. Pour cela, il avait porté sa main droite à son front et l'avait légèrement écartée.

Le frère lui répondit par le même signe et l'accompagna jusqu'à l'entrée du monastère. Puis il fit un dernier geste. Il ferma ses deux mains, tout en ressortant l'index et le majeur pour former un « v », et remonta l'une et l'autre du bas de la poitrine à la hauteur des épaules.

– *Vivre*, murmura-t-il.

46

Coup sur coup, deux événements vinrent bouleverser la vie d'Antonio. Le premier se produisit quelques jours seulement après son retour de l'abbaye.

C'était un matin tranquille. Francesca était déjà partie avec les enfants pour les bords du Pô. Seul dans son atelier, Antonio cherchait sans doute les proportions parfaites de son prochain violon, quand la porte de sa boutique s'ouvrit. Un bref regard lui permit de reconnaître aussitôt son vieux maître. Les deux hommes ne s'étaient pas approchés ni parlé depuis près de sept ans.

– Antonio.

– Maître.

Amati fit quelques pas et observa les fils tendus au-dessus de sa tête où aucun violon n'était suspendu. Il ne sentit aucune odeur de colle ni de vernis. Ni même celle, si particulière et légèrement sucrée, du bois.

– Les affaires n'ont pas l'air d'être florissantes, dis-moi.

– Ne vous inquiétez pas, tout va très bien. Plusieurs violons sont en train de sécher en haut au seccadour.

– Ah bon, tu me rassures. Et sur quoi travailles-tu en ce moment ?

– Un tas de projets.

– Un tas de projets ? Très bien. Me permets-tu de m'asseoir ?

Antonio se leva de sa chaise et la poussa jusqu'à Amati. Le vieil homme s'écroula plus qu'il ne s'assit.

– Cela va peut-être te sembler étrange, mais je suis heureux de te revoir. Tu as changé. Tu parais plus sûr de toi. Plus apaisé. Brises-tu toujours tes violons ?

– Cela m'arrive.

Amati ne put s'empêcher de sourire. Puis il reprit :

– Je sais que tu es marié, que tu as deux enfants. Et surtout, au vu de ce que je vois, que tu as besoin d'argent.

Antonio préféra ne pas répondre.

– Je me trompe ?

– Je n'ai besoin de rien.

– Toi peut-être. Mais ta femme, tes enfants ? Y as-tu songé ?

Antonio, face à Amati, était tout autre. Sa voix qu'il avait si souvent entendue et chérie, le transportait à l'époque de son enfance. C'était agréable et en même temps déplaisant. Certes il lui gardait encore rancœur de l'avoir mis à la porte de son atelier, mais sans cette décision tout ce qui lui était arrivé depuis ne serait jamais advenu.

– Je vais être franc avec toi. Mon fils Girolamo n'a pas ton talent. Les violons ne le passionnent pas. C'est un bon exécutant, mais il ne sera jamais un artiste.

Le vieil Amati laissa passer une seconde, puis ajouta :

– Reviens. Retravaillons ensemble. J'ai mille violons qui t'attendent. Ici je n'en vois aucun. Je suis même prêt à te laisser en briser quelques-uns, si tu me le demandes gentiment. Alors, qu'en dis-tu ?

Antonio se contenta de glisser les mains dans la poche de son tablier en peau, et ne dit plus un mot.

Ce matin-là, Amati ne regagna pas immédiatement son atelier, pourtant situé à quelques minutes de marche. Il préféra remonter vers le château de Santa Croce, au nord-ouest de la ville, et revenir en longeant les remparts.

Il chemina lentement, comme extérieur au monde qui l'entourait. Son visage, alourdi, fixait ses pas.

Quand il arriva enfin chez lui, son fils le reconnut à peine, tant il avait vieilli.

47

Ce fut dans les derniers jours de l'été, alors qu'il préparait son quatrième voyage à Paneveggio, qu'Antonio reçut l'invitation de se présenter au Palazzo Trecchi. C'était inhabituel, car seuls les nobles, les évêques, ou les très riches marchands comme Beretta y étaient en général conviés. Mais Antonio se souvint avoir réparé deux violons qui appartenaient au marquis Lorenzo Trecchi, ce qui lui valait certainement cet honneur. Un honneur dont il se serait bien passé, tant son esprit était déjà occupé par son prochain voyage. Mais Francesca insista et pour lui faire plaisir, il finit par accepter.

Le Palazzo Trecchi se trouvait en haut de la contrada Magistra, à cent pas. Cette soirée allait profondément marquer Antonio, car le marquis, sans avertir personne, avait fait venir de Parme le grand violoniste Marco Uccellini. Une fois les invités présents, il le fit entrer dans la salle en marbre blanc, accompagné par trois autres musiciens, deux violes de gambe et un clavecin. Ils s'accordèrent, puis jouèrent ses fameuses sonates.

Francesca écoutait peu la musique. Son être entier était attiré par les robes splendides, en taffetas moiré, en dentelles ou en soie, par ces coiffures élégantes et raffinées, ces belles parures, par tous ces parfums. Un rêve.

Antonio, lui, ne voyait rien. Il écoutait.

Il avait immédiatement reconnu le violon, au vernis ambré, sur lequel jouait Uccellini, un *Niccolo Amati*. Une sonorité profonde et douce à la fois.

Magique.

Mais, pensa Antonio, il manquait, sur certaines attaques, d'ampleur et de puissance.

« Intensité et sonorité ». Les violons, se dit-il alors, n'étaient plus destinés comme autrefois à accompagner sagement une voix humaine, mais à mener un orchestre, et à conduire à lui tout seul un concert dans des salles qui s'agrandissaient de jour en jour. C'était là, le violon auquel il fallait parvenir.

– Le violon de demain, murmura Antonio.

Puis soudain, les invités se levèrent et applaudirent.

Uccellini était déjà un vieux monsieur. Le marquis s'approcha de lui et, fait extraordinaire, l'embrassa. Sa musique, déclara-t-il, était digne des cieux, plus belle que le chant des oiseaux. Il invita ensuite ses convives à passer dans le jardin où de nombreux buffets les attendaient.

La petite foule se dispersa rapidement.

Trois serviteurs en livrée bleue emportèrent les instruments.

Il ne resta dans la grande salle en marbre blanc qu'Antonio et Francesca.

– Cela t'a plu ? lui demanda-t-il doucement.

– C'était beau, répondit-elle en hochant imperceptiblement la tête.

Et dans ses yeux sombres brillaient mille étoiles.

Antonio y lut un désir immense. Alors il lui prit la main et, quelques instants plus tard, ils rejoignaient le seccadour.

48

Le 14 septembre 1673, Antonio quitta pour la quatrième fois Crémone.

C'était un jeudi.

Il était si impatient de rejoindre le hameau de Paneveggio qu'il partit de bon matin, plus léger que le vent.

Le premier jour, sitôt passé les remparts, il prit la direction de l'est et traversa la rivière Oglio, par le pont en bois, avant même la tombée de la nuit.

Mais lorsqu'il s'éveilla, le deuxième jour, il constata horrifié qu'il avait oublié dans sa hâte ses outils, les cordes, l'huile de lin pour le vernis et la colle d'os en perles. Il jura, se traita de tous les noms, mais concéda qu'il valait mieux faire demi-tour.

Il entra ainsi dans Crémone le lendemain, embrassa rapidement ses enfants et Francesca, répéta qu'il était aussi stupide qu'un âne bâté, et repartit aussitôt.

Il s'élança à nouveau en direction de l'est, traversa une nouvelle fois la rivière Oglio, remonta plein nord, et aperçut le village de Castel Goffredo dans la soirée du cinquième jour, pestant toujours contre lui-même.

Il décida alors, aussi bien pour rattraper son retard que pour se punir de sa sottise, de marcher la nuit entière.

Au petit matin, à l'approche de la ville fortifiée de Peschiera del Garda, il dut renoncer à aller plus loin tant ses pieds le faisaient souffrir. Il retira ses souliers, plongea ses pieds dans l'eau, et demeura ainsi plus d'une heure. Il atteignit le lac de Garde en fin d'après-midi, honteux et claudicant.

Les trois jours suivants, le moral au plus bas, traînant la jambe, il longea le lac, sans même y prêter attention, et passa l'Adige par le vieux pont en pierre, au milieu d'une lumière étrange et irréelle.

Il pénétra dans la ville de Trente le lendemain.

Ce fut ici, vers midi, le onzième jour, que débuta l'ascension.

Et tandis que les aubépines et les noisetiers cédaient leur place aux alisiers et aux genévriers couverts de baies noires et bleues, il reprit peu à peu courage.

Il passa près des lacs de Serraia et de Piazze, franchit la vallée et son cours d'eau tumultueux, que les gens du pays appelaient Aviso, et reconnut enfin ce langage singulier, mâtiné d'italien et d'allemand, qu'eux seuls employaient. Ils lui demandèrent s'il avait faim, *fan*, s'il voulait se reposer, *palsé*, mais il secoua la tête et poursuivit son chemin, sans reprendre son souffle, levant bien haut sa main en signe de remerciement.

Le quatorzième jour, il emprunta un raccourci en contournant le village de Predazzo par le sud. Son pas était rapide, son cœur léger, rien ne pouvait plus entraver sa route.

Et en effet, le quinzième jour, en fin de journée, il aperçut au loin la forêt de Paneveggio, et devant lui le hameau. Quatre baraques en bois, côte à côte, nichées au creux de la vallée.

Rien, ici, n'avait changé : les montagnes, parées de rose, l'attendaient.

49

Comme à chaque fois qu'il était de retour, Antonio fut accueilli par Giuseppe. Les deux hommes se saluèrent de loin.

– Mon ami de Crémone, dit-il de sa voix rauque.

Avec un large sourire Antonio vint saisir la main du vieil homme. Puis celui-ci l'entraîna à l'étable voir les épicéas qui séchaient sur la paille.

– Encore deux ou trois ans, tu vois, et ils seront prêts.

Les anneaux de croissance étaient parfaitement concentriques, harmonieux, serrés les uns à la suite des autres, et alternaient les cernes tendres du printemps et les cernes durs légèrement orangés de l'été. Antonio tenait là un véritable trésor, qu'aucune bourse remplie d'or n'aurait pu acheter. Il y avait de quoi faire une centaine de violons, peut-être davantage, à la sonorité chaude et profonde, mais aussi à la puissance incomparable.

Cinq épicéas, comme les cinq sens. Comme les cinq lignes d'une portée musicale.

Giuseppe referma la porte branlante de son étable et ce fut d'un pas lent et lourd qu'il regagna sa maison. Antonio le suivit. Les deux bergers de Bergame avaient vieilli eux aussi. Mais ils se dressèrent sur leurs pattes quand ils aperçurent Antonio. L'un et l'autre vinrent lui lécher la main, et regagnèrent aussitôt leur coin près du feu. Le froid, en cette fin septembre, menaçait déjà de toute part.

Ce soir-là pour la première fois, la femme de Giuseppe n'apporta pas les bols de soupe.

– Elle est souffrante, dit simplement le vieil homme. C'est à moi, à présent, de m'occuper d'elle.

Et il s'en alla dans l'autre maison. Il revint peu de temps après, deux bols à la main, qu'il déposa sur la table. Il prit aussi sa vieille bouteille de vin de Bolzano. Puis comme à l'accoutumée, ils dînèrent en silence – une soupe de pois chiches, qu'Antonio trouva parfaitement insipide.

Ils avaient depuis longtemps bu la dernière goutte de vin, quand Giuseppe tourna son visage marqué par les ans vers son invité.

– J'ai réfléchi, tu sais, et je ne désire plus être enterré avec tes cinq violons. Un seul suffira. Je donnerai les quatre autres aux villages voisins, pour qu'ils puissent eux aussi profiter de ta musique. Quand tu auras fini de les fabriquer, je choisirai celui qui m'accompagnera. Ce ne sera pas forcément le plus beau ni même le plus mélodieux, mais celui qui me ressemblera.

Il prit alors son verre vide dans sa main, le fit tourner machinalement, et ajouta :

– Crois-tu qu'au Paradis les anges jouent du violon ?

Antonio souleva les épaules dans un geste d'ignorance.

– Moi je le crois, reprit Giuseppe. Oui, je le crois…

Il reposa son verre et parla de son fils Battista, celui qui habitait Trente. Il était monté les voir au printemps dernier. Cela faisait dix ans qu'ils ne s'étaient pas trouvés ensemble. Mais, avoua-t-il, ils n'avaient pas eu grand-chose à se dire. Battista ne souhaitait pas revenir vivre ni travailler ici. Sa vie était à Trente, désormais, pas dans les montagnes. Son frère, Vincenzo, pensait de la même manière.

– Et le hameau ? demanda Antonio.

– Il reviendra à quelqu'un de Paneveggio, c'est la règle.

Giuseppe alors se leva, dit qu'il était fatigué.

Puis, avant qu'Antonio ne sorte pour rejoindre la quatrième maison, la plus éloignée, il déclara à voix basse :

– Tu es bien toujours le même. Tu m'as fait parler en une fois, plus que je ne parle en une année.

50

Quand Antonio s'éveilla le lendemain matin, son premier réflexe fut d'ouvrir la porte. Pourtant aucun bol de myrtilles ou d'airelles bleues n'avait été déposé pour lui. Il fut surpris. Il jeta un long regard circulaire qui englobait les trois maisons, l'étable et la forêt avoisinante, mais ne décela aucune trace de la jeune fille. Il se baissa, ramassa le bois apporté par Giuseppe aux aurores et entreprit le montage de son nouveau violon.

Le jour suivant, la surprise d'Antonio se transforma en étonnement. Puis le troisième matin, en inquiétude. Il s'approcha de la maison des femmes, inspecta à travers la fenêtre. Rien. Il pensa alors qu'elle avait peut-être suivi son père à Trente, lors de sa réapparition au printemps dernier. Mais Antonio jugea cette supposition ridicule. Cela lui paraissait insensé, en effet, qu'elle puisse vivre loin du hameau. Et puis, il l'espérait au moins, elle aurait attendu son retour.

Il se remit au travail, sans réel entrain. Ses gestes étaient imprécis, son désir ailleurs. Il fut même obligé de s'y reprendre à deux fois pour couper proprement la table d'harmonie. Le soir, il se rendait chez Giuseppe et, de façon détournée, tentait d'en savoir plus. Mais le vieil homme demeurait muet face aux allusions d'Antonio. Il évoquait la guerre entre la cité de Venise et les Turcs qui avait subitement pris fin, le froid qui blanchissait la forêt, mais la jeune fille restait comme une ombre jetée entre eux.

Un matin, il n'y tint plus. Il alla trouver Giuseppe à l'étable et s'exclama :

– Allez-vous enfin me dire ce qui lui est arrivé ?

Le vieil homme ne releva pas la tête. Il enfonça sa fourche dans la botte de foin et nourrit ses bêtes avec une application particulière. Après seulement, il se tourna vers Antonio. Il le fixa longtemps, comme si les mots qu'il allait articuler étaient d'une importance extrême. Puis il murmura :

– Suis-moi.

Ils marchèrent l'un derrière l'autre, durant une demi-lieue peut-être, jusqu'à atteindre le refuge en bois qui donnait sur le lac, où la jeune fille prenait plaisir à se baigner. Puis, sans un mot, Giuseppe indiqua l'espace situé entre le refuge et le lac. Antonio s'en approcha.

Il y avait là une croix.

Une croix noire fichée dans le sol.

51

Giuseppe expliqua, d'une voix hachée et à peine audible, que la jeune fille avait pris froid au printemps dernier. Ils avaient été chercher un apothicaire à Trente, mais celui-ci s'était montré incapable de trouver un remède. Ils avaient cueilli des feuilles de sureau noir, de mélisse, lui avaient donné du vin coupé avec de l'eau, mais tout cela avait été vain. Sa toux s'était amplifiée. La fièvre l'avait finalement emportée quelques jours plus tard. Il l'avait enterrée là avec son père.

– Depuis c'est ma femme qui ne parle plus, ajouta-t-il brisé. C'est pourquoi je m'occupe d'elle.

Antonio faisait face au lac. Il n'entendit pas Giuseppe se retirer. Il resta là, les yeux dans le vague, la journée entière. Parfois un coup de vent venait rider la surface de l'eau. Il revit aussi, clairement, la jeune fille se déshabiller et plonger nue, nager jusqu'à l'autre rive et revenir à lui. Elle remonta sur le bord et, comme un an plus tôt, découvrit son dos. Hypnotisé, Antonio la regardait. Il savait qu'il était seul et pourtant, il l'aurait juré, il la voyait, elle. Il distinguait, là devant lui, comme un an plus tôt, son dos ruisselant et ses cheveux dorés. Et même si tout cela n'était qu'un rêve, une sensation procurée par la douleur, il s'en moquait. Il demeura là, face au lac, longtemps après que Giuseppe soit parti. Il fixait ce dos imaginaire sur lequel se superposaient celui de sa mère, qu'il avait entrevu brièvement chez Amati, et des milliers de violons. Il tendit la main. L'effleura. Ses doigts glissaient sur sa nuque, frôlaient ses épaules, épousaient ses hanches. C'était doux. Réconfortant. Puis, la jeune fille se retourna. Elle le dévisagea de ses grands yeux, d'un vert léger. Des yeux baignés de larmes. Alors, tendrement, elle prit sa main dans la sienne, la porta à ses lèvres. À sa bouche, parfaitement muette. La couvrit de baisers. Elle la conserva longtemps, fort, sa main dans celle d'Antonio. Unis pour toujours ! Enfin elle fit ce signe : elle posa son index droit sur son front et l'abaissa lentement jusqu'au menton. *Se souvenir*... Elle esquissa ensuite un bref sourire, d'une tendresse insoupçonnée, recula de deux pas, peut-être trois, et replongea dans le lac.

Mais cette fois-ci, elle ne remonta pas à la surface.

Antonio fut pris soudain de frissons et de vertiges. Il ressentit du même coup le froid brûlant qui mordait sa chair. Mais il attendit encore, et encore. Autour de lui les montagnes se couvrirent peu à peu d'une lueur mauve, assez pâle, qui annonçait le soir.

Finalement il finit par revenir vers la croix.

Elle ne portait pas de nom.

Il s'agenouilla. Le sifflement d'un aigle royal déchira le ciel. Mais Antonio ne pouvait détacher son regard de cette croix. Sans nom.

Alors il saisit son couteau et grava, tourné vers le lac, celui qu'il avait donné à la jeune fille.

Silvia, qui signifie « forêt ».

52

Antonio s'expliqua difficilement les semaines qui suivirent. Et quand il tenta de les analyser, bien des années plus tard, il conclut qu'il avait été porté.

Porté, comme un noyé que l'on soutient hors de l'eau, ou comme un enfant que l'on désire protéger du monde. Peu importe sa signification exacte, car pour Antonio « porté » avait le même sens que « sauver ».

Il ne comprit pas davantage son geste : il reprit d'abord tous les dessins qu'il avait conservés de la jeune fille. Des centaines de dos s'accumulèrent sur la large table en bois, face au feu qui crépitait. Un à un, il les étudia, les compara. Quel lien unissait tous ces croquis ? Puis un matin, comme si on lui avait chuchoté cette idée dans son sommeil, il dessina un pentagone sur une feuille vierge, et relia les cinq angles de ce pentagone par un cercle. Ensuite, il traça un second cercle plus petit à l'intérieur du pentagone. Il détermina alors vingt-trois points cardinaux afin d'assurer la structure parfaite de l'instrument. Il les nota avec les lettres de l'alphabet. Le point k, par exemple, était situé à l'intersection du grand cercle avec l'angle le plus élevé du pentagone. Une fois ces points réunis, les droites et les courbes donnèrent naissance, comme par magie, aux contours d'un violon.

Peu après, il se remémora un livre qu'il avait ouvert chez Pescaroli. Ce livre parlait d'un nombre sacré, connu depuis la nuit des temps, à partir duquel d'autres hommes avaient construit les pyramides, les temples grecs et les cathédrales. Il était dit que ce nombre était d'or, et portait en lui les divines proportions. Il traça quelques traits sur sa feuille et perçut instinctivement qu'il existait un lien étroit entre la dimension du corps du violon et la longueur du manche. Jamais une idée pareille ne lui était venue à l'esprit. Jamais. Pas plus qu'elle n'avait effleuré le grand maître Amati, ou tout autre luthier avant lui. Il comprit que ce lien était simple, puissant, et le résuma avec ces mots : « La dimension du corps du violon divisée par la longueur du manche doit être égale au nombre d'or. »

Antonio posa son fusain, il avait la tête en feu. Il poussa sa chaise, se leva, et fit quelques pas. Il ressentait, au plus profond de son âme, une telle certitude. Il sortit prendre l'air. La nuit était noire. Il entendit le miaulement d'un hibou et d'autres cris qu'il ne put identifier. À une trentaine de pas, presque invisible, il distingua péniblement la maison des femmes. Il demeura sans bouger, un long moment, à l'observer, comme si la jeune fille allait subitement se montrer.

Mais le monde s'était arrêté là.

Et personne ne mit ses pas dans les siens.

Il s'éloigna donc seul, avec sa certitude rivée au ventre. Il était temps d'aller de l'avant, vers les épicéas et les érables dont il devinait par intermittence le parfum délicatement sucré, vers ce nouveau violon qu'il venait de coucher sur le papier et dont la forme évoquait tant la silhouette d'une femme. Tout lui avait été révélé. Comme tombé du ciel. Tout lui avait été révélé, à lui, Antonio Stradivari, ce jour-là, au cœur de la forêt de Paneveggio.

53

Le violon précédent s'était monté dans la joie et l'insouciance. Celui-ci, né de son intuition, fut bien plus compliqué à fabriquer. Antonio le voulait parfait et il s'en donna les moyens. Dix, quinze, seize heures par jour à sa table de travail, à découper au canif, à manier sa gouge, à raboter, afin de donner la bonne hauteur aux voûtes de la table et du fond, à allonger les ouïes jusqu'à faire naître deux sourires de chaque côté de l'instrument. Ses gestes étaient nets et précis, rapides. Il s'en dégageait une véritable assurance. Si dans les premières années de sa vie, Antonio avait mimé et répété ceux de son maître, il montrait à cette occasion une volonté de s'en affranchir, de prendre ses distances.

Il fabriqua le manche avec légèreté dans un bel érable fourni par Giuseppe, et prit une attention toute particulière pour définir sa taille exacte. Mais, plutôt que de donner à la volute sa forme habituelle de spirale, il s'amusa à sculpter à la place la tête de son hôte. Il fit apparaître ses yeux usés, sa large moustache qui barrait son visage, ses cheveux broussailleux et abondants. Puis, de part en part, il perça quatre trous et y inséra les chevilles, taillées dans du buis, qui allaient permettre d'attacher et de régler la tension des cordes. Il jeta ensuite dans de l'eau froide la colle d'os en perles qu'il fit fondre au bain-marie. Une odeur âcre et puissante vint se mêler à celle des copeaux de bois. Il enclava le manche dans le corps du violon et les fixa l'un à l'autre avec la colle obtenue, onctueuse et chaude.

Parfois, il se surprenait à lever les yeux vers le tabouret, vide, qu'il avait placé au centre de la pièce. Il faisait alors un signe qui pouvait signifier : *on va au lac ?*, ou *as-tu faim ?* Le silence à chaque fois le stupéfiait. Le matin, de bonne heure, il montait vers les prairies alpines pour cueillir des mûres sauvages et des prunelles. À son retour, il plaçait les baies dans un bol et attendait le soir pour les déguster une à une, comme s'il désirait, par cet acte, prendre conscience de son immense solitude. Les jours raccourcissaient. Le froid glaçait le hameau. « C'est bon pour les arbres », se répétait-il.

Il lui arrivait aussi de bavarder avec son vieux maître Amati qui, de temps à autre, glissait une tête par-dessus son épaule et commentait ses gestes.

– Tiens ta gouge un peu moins serrée. Redresse-toi légèrement. Pense que tu caresses le dos d'une femme quand tu creuses la table d'harmonie.

Il s'éloignait, courbé tel un arc, et prenait place sur le tabouret.

Il ajoutait :

– Sais-tu enfin pourquoi tu fabriques des violons ? Le sais-tu ?

Antonio répondait à voix haute, ou par des signes appris au monastère que le vieux maître avait du mal à saisir.

L'instrument qui prenait forme sous ses doigts n'avait plus rien de commun avec les violons du maître. Le corps avait un pouce de plus dans sa longueur et un de moins dans sa largeur, la hauteur des éclisses avait diminué, le manche se dressait vers le ciel. Il avait gagné en élégance, en harmonie.

– Quel vernis vas-tu utiliser ? Du safran ? De la sandaraque ?

– Non. Celui-ci.

Et il désigna une poudre rouge qu'il avait achetée avant de partir dans une boutique d'apothicaire.

– Qu'est-ce que c'est ?

– Un pigment à base de cochenille.

– De la cochenille ? C'est original.

Antonio passa d'abord une fine couche d'huile de lin, qu'il laissa sécher deux jours entiers, puis une seconde qu'il mélangea à la cochenille. Le violon prit alors une teinte rouge dorée, subtilement laquée, sur laquelle se reflétaient toutes les couleurs du soir.

– Tu avais raison, reconnut Amati. C'est beau, très beau. Ça fait ressortir les veines du bois. Comprends-tu maintenant pourquoi, ce jour-là, je t'ai mis dehors de l'atelier ?

– Pourquoi ?

– Je n'avais plus rien à t'apprendre.

Il y eut entre les deux hommes un long silence. Antonio revit le maître, ce jour d'octobre 1666, le doigt pointé vers la porte.

Amati se leva du tabouret.

– Certes, tu me cassais les pieds quand tu brisais mes violons. Mais regarde celui que tu tiens dans tes mains, il est magnifique.

Le visage entier d'Antonio se mit alors à sourire.

Et en effet, en ce début du mois de décembre, après quarante-huit jours de travail acharné, le quatrième violon était enfin achevé.

54

Giuseppe n'avait jamais beaucoup parlé. Mais depuis la disparition de la jeune fille, il demeurait des journées entières sans prononcer une syllabe.

Chaque matin, il se rendait à l'étable. Puis il montait voir ses arbres, dans la forêt, avec ses bergers de Bergame. Chaque jour, il revenait un peu plus tôt. Les après-midi, il les passait auprès de sa femme. Que se disaient-ils ? Antonio n'en sut jamais rien. À Paneveggio, comme dans les régions reculées, on parlait peu. On s'exprimait par le regard et par des gestes simples. La parole ne servait pas à grand-chose, sinon pour les prières. Et encore, Giuseppe et sa femme les récitaient à voix basse.

Le nouveau violon d'Antonio plut à son hôte. Il aima particulièrement son visage à l'extrémité du manche.

– Quel air vas-tu me jouer ce soir ?

– Choisissez. Un air gai, un air triste ?

– Tout sauf un air d'adieu.

Antonio tourna les chevilles pour accorder le violon, puis il joua une sonate d'Uccellini entendue au palais Trecchi. Les cordes vibraient agréablement sous ses doigts et rendaient un son puissant et lumineux. Les notes les plus graves avaient une profondeur quasi parfaite, les plus aiguës un mordant inégalé.

Jamais les soixante et onze pièces, qui n'en formaient qu'une, ne s'étaient approchées autant de la voix humaine.

– Quand pars-tu ? demanda simplement Giuseppe.

– Demain.

– Et quand reviens-tu ?

– Le plus tôt possible.

– Tu me dois encore un violon, ne l'oublie pas.

Antonio acquiesça. Il joua une autre sonate d'Uccellini. Puis une troisième. Giuseppe finit par s'endormir.

Lorsqu'il quitta son hôte, au petit matin, quatre violons trônaient sur l'unique meuble de la maison, un coffre en bois sculpté.

Antonio réunit ses affaires, fit un tour à l'étable pour saluer ses épicéas, puis s'éloigna. Dehors, il faisait un froid glacial, tout semblait figé, comme dans un livre d'images. Ses pas crissaient sur la neige. Quand il se retourna une dernière fois vers le hameau, il fut frappé par une sensation forte. Celle d'avoir toujours vécu ici, au milieu de ces quatre baraques en bois. Alors comme à chacun de ses départs, il vit le sommet des montagnes, que Giuseppe nommait *Vezzana*, *Pala* ou *Cima della Madonna*, se couvrir d'auréoles roses.

Il remonta ses jambières au-dessus des genoux, couvrit ses mains de gants en peau, et ce fut le cœur serein qu'il descendit vers Predazzo.

Il entra dans Crémone quelques jours plus tard.

Francesca, Giulia et Francesco l'attendaient contrada Magistra. Ils coururent vers lui quand ils l'aperçurent au bout de la rue. Giulia sauta dans ses bras, et le petit Francesco, qui n'avait pas encore quatre ans, manqua à plusieurs reprises de tomber. Antonio les couvrit de baisers, les portant l'un et l'autre dans ses bras. Francesca s'approcha à son tour. Son ventre s'était arrondi. Elle se fit une place en se collant contre sa poitrine.

Ce soir-là ils ne montèrent pas au seccadour, trop froid. Ils s'assirent l'un près de l'autre, face au feu, et veillèrent tard dans la nuit. Puis à un moment, Francesca retira sa chemise.

Alors Antonio lui caressa le dos, avec une douceur infinie, jusqu'au petit matin.

55

Cette année-là, Antonio eut trente ans. Et Francesca mit au monde un nouvel enfant, une fille, Cattarina, qui dès les premiers jours afficha un large sourire. Elle eut droit, cela va de soi, à son morceau de nougat.

Ces longs mois, loin de Crémone, avaient changé Antonio. Mais contrairement aux retours précédents, ses gestes n'étaient plus empreints de gravité, et dans sa voix il y avait une lumière inhabituelle qui plut à Francesca.

Depuis la disparition de la jeune fille, Antonio avait le sentiment d'aimer sa femme deux fois plus fort. Il se demandait même s'il était possible d'aimer autant. Avec les beaux jours qui revenaient, ils prenaient plaisir à marcher le soir dans les rues de Crémone, à remonter d'un pas léger vers Sant'Agata, passer devant le palais Trecchi et faire demi-tour après l'église Sant'Agostino.

Francesca ne lui avoua jamais, au cours de ces promenades, qu'elle était entrée un jour où il était absent dans son atelier. Et qu'elle avait été bouleversée par tous ses croquis. De même, jamais elle ne lui demanda qui était cette femme qu'il dessinait alors sans relâche. Les mots sont parfois dangereux, et elle préféra garder le silence. Ce fut également pour cela, certainement, qu'elle resta discrète sur son entrevue avec Amati. Elle lui avait rendu visite dès le lendemain, tandis qu'Antonio résidait encore au monastère, et lui avait fait voir les croquis. Amati l'avait rassurée et lui avait promis d'intervenir.

De tous les dos exécutés, au fusain ou à la sanguine, Antonio n'en garda que quelques-uns, comme souvenirs et comme outils de travail. Les autres furent empilés dans une grande malle et remisés au grenier.

Il conserva, en revanche, religieusement, le collier en ivoire dont la jeune fille lui avait fait cadeau. Une dizaine de losanges et autant de perles d'une blancheur éclatante.

Il enferma le collier dans un pot en verre, et le déposa au milieu de tous les autres pots de son atelier.

Personne n'irait chercher là.

56

Comme c'était déjà arrivé à plusieurs reprises, un homme distingué franchit un beau matin la porte de la boutique. Il retira son chapeau, salua d'un geste franc, et invita Antonio à le suivre à Venise.

Ce dernier crut à une plaisanterie, mais l'homme insista :

– Notre doge, Domenico Contarini, est très âgé. Il souffre beaucoup, et aimerait avant de quitter cette terre entendre à nouveau ses violons chanter. Il paraît que vous faites cela bien. Le duc de Mantoue vante vos mérites. Nous sommes prêts à vous rétribuer largement si vous m'accompagnez dans l'heure.

Les caisses étaient vides, Antonio n'avait pas vraiment le choix. Il demanda un acompte qui lui fut versé. L'après-midi même, il prenait le coche d'eau pour rejoindre la Sérénissime, accompagné par l'émissaire qui disait s'appeler Juan Alvarez de Nuñez y Carillo de la Fuente.

Un Espagnol. Ça changeait.

Il revint trois semaines plus tard, les poches pleines de ducats d'or qu'il échangea facilement contre de la monnaie de Crémone.

Le soir au seccadour, Francesca se blottit contre lui et lui demanda comment était la ville aux mille ponts.

– Belle, dit-il.

Et il raconta son voyage.

– Le coche d'eau a descendu paisiblement le Pô. Les rives défilaient devant nos yeux. Nous avons accosté place Saint-Marc le surlendemain de notre départ. Le soleil se levait à peine. Mais la ville grouillait déjà de vêtements exotiques. Des Perses, des Mamelouks, des Grecs, des Slaves, des Arabes. Mille langues se percutaient, virevoltaient, s'insultaient, mais tout le monde se comprenait.

– Et le doge ?

– Mourant. Comme ses violons. J'ai soigné les violons. Pas le doge.

– Et les femmes ? Parle-moi des femmes qui habitent Venise.

Antonio s'était enfermé à son arrivée dans une pièce du palais ducal, et n'en était sorti que le jour de son retour. Il n'avait rien vu d'autre.

Alors il inventa.

Il dit que, là-bas, les jeunes filles n'avaient aucune relation avec les hommes. Elles vivaient recluses, entourées de leurs caméristes. Dans leurs rares escapades pour se rendre à l'église, elles se dissimulaient derrière un épais voile noir, qui masquait leur visage et tombait jusqu'à leur taille, à travers lequel elles pouvaient voir sans être vues. Mais tout cela changeait le jour de leur mariage. Le voile était retiré. Leurs robes se couvraient de broderies et de rubans de couleurs. Et pour couronner le tout, elles dénouaient leur magnifique chevelure qu'elles s'empressaient de colorer, mèche après mèche, en blond doré.

– Un peu comme…

– Comme ?

– Le vernis d'un violon.

Puis il reprit son récit.

– Ce n'est ensuite qu'une fête sans fin. Les jeunes femmes conservent la parure dorée de leurs noces une année entière et ne se montrent en public que vêtues d'un manteau, dont la longueur de la traîne dépend de leur rang social. Les plus longues, dit-on, font plus de cent pas.

– Cent pas…

Francesca ferma les yeux.

Il attendit qu'elle s'endormît. Puis lui murmura à l'oreille :

– Aucune d'elles ne peut rivaliser avec toi.

57

Antonio avait retranscrit fidèlement les données accumulées au hameau. Une pièce, pourtant, pouvait être encore améliorée : la spirale de la volute. Celle-ci n'avait pas d'influence sur la qualité sonore du violon, mais sa beauté était un atout qu'il ne fallait pas négliger.

Ainsi, un vendredi matin, il remonta la contrada Magistra, dépassa le palais Trecchi et l'église Sant'Agata, et vint frapper à la porte de Pescaroli. Bien que les deux hommes ne se soient pas vus depuis des mois, Antonio lui dit aussitôt :

– J'ai besoin d'avoir accès à tes livres.

– Bonjour Antonio.

– Ah oui, bonjour.

– Bien sûr. Entre.

La bibliothèque de Pescaroli était une des plus belles de la ville, elle comptait une trentaine d'ouvrages tous plus fameux les uns que les autres.

Antonio en sélectionna deux. L'un sur le savant Archimède, l'autre écrit par l'architecte Jacopo Vignola. Il se hâta de rentrer chez lui, de les ouvrir, mais fut saisi d'effroi en lisant des phrases telles que : « Lorsqu'une demi-droite tourne uniformément dans un plan pendant que l'une de ses extrémités reste fixe et qu'elle revient à sa position initiale, et si sur cette droite en rotation un point se déplace uniformément à partir du point fixe, le point décrira alors dans le plan une spirale qui… » Il referma les livres d'un coup sec ! Et demeura songeur jusqu'au soir. Il dîna en silence et refusa de monter au seccadour.

Le lendemain matin, encore décontenancé, il s'apprêtait à descendre dans son atelier quand il s'immobilisa devant sa fille Giulia. C'était une enfant de sept ans à présent qui ressemblait étonnamment à sa mère. Les mêmes yeux sombres, les mêmes cheveux noirs, comme peuvent l'être certaines tourmalines, et longs, comme le sont les rivières. Giulia se coiffait. Un autre matin Antonio n'y aurait pas prêté attention. Mais ce jour-là, il ne lâcha pas sa fille du regard. Pourquoi ? Lui-même n'en savait rien.

Giulia se coiffait avec de longs mouvements de peigne, du cuir chevelu aux pointes. Ses gestes étaient amples. Appliqués. Puis elle enroula ses cheveux de chaque côté plusieurs fois sur eux-mêmes, et les releva en chignon. Elle y planta quatre épingles et s'observa. La spirale de ses cheveux était parfaite.

Légère et parfaite.

Antonio la contemplait, fasciné.

– Papa, ça va ?

Il hocha la tête. Et s'enferma ensuite de longues heures dans son atelier, dessinant de mémoire les cheveux de sa fille. Il obtint au final une volute admirable, puissante et fine, d'une souplesse infinie, qui lui fit penser à un coquillage, mais aussi au cœur des marguerites qui poussaient par centaines sur les prairies alpines de Paneveggio. Il eut alors un sentiment intense d'équilibre dans le déséquilibre, d'ordre dans le changement.

Et il prit conscience, à sa grande surprise, que son nouveau violon prenait peu à peu les contours non pas d'une femme – mais de toutes les femmes.

58

Tôt ou tard Antonio devait reprendre le chemin du hameau. Cependant, il repoussait d'un mois à l'autre son départ. Ses pieds étaient en plomb, ses jambes aussi lourdes que des enclumes. Mais un pacte était un pacte.

Dans l'intervalle, il avait fabriqué un petit violon pour Giulia, et un second, plus petit encore, pour Francesco. Le dimanche, après la messe, c'était l'heure de la leçon. Francesco montrait une facilité surprenante et maniait l'archet avec beaucoup de dextérité pour un enfant de six ans. Sa sœur préférait les lettres et s'appliquait à savoir écrire aussi bien que son père.

Depuis Venise, les commandes affluaient avec une belle régularité. Et l'on se déplaçait de loin, désormais, pour consulter Antonio. De Turin, Rome, et même de Naples. Un jour un émissaire vint qui ne parlait pas italien. Il dessina une carte grossière de l'Europe et indiqua de la pointe de son fusain la ville de Lyon. Un autre, habillé de façon étrange, entoura Munich. Un troisième, Saragosse.

Chaque instrument avait été fabriqué par un luthier de renom. Le plus beau, sans doute, fut un *Andrea Amati* qui datait, selon l'étiquette, de 1568. Plus de cent ans. L'aïeul de Niccolo avait réalisé un miracle de perfection et ce ne fut pas sans une certaine appréhension qu'Antonio démonta la table, posa une nouvelle barre d'harmonie et refit à neuf le chevalet.

Après tant d'années, Antonio connaissait tous ces grands maîtres par cœur. Il s'amusait même, lorsqu'un émissaire entrait dans sa boutique, à deviner d'un seul coup d'œil s'il s'agissait d'un *Mariani* ou d'un *Stainer*. Il ne se trompait jamais. À force de les ouvrir, de les ausculter, et de les ramener à la vie, il sut tout ce qu'il fallait savoir, et avait percé la totalité de leurs mystères. Les voûtes devaient être peu élevées, les coins élancés, l'âme idéalement placée, les ouïes parfaitement découpées et redressées. Mais tout cela n'était pas le plus important. Et lorsque Francesca lui demandait :

– Mais quand vas-tu construire ton fameux violon ?

Il répondait invariablement :

– Plus tard.

– Pourquoi plus tard ? De quoi as-tu peur ?

– Oh, je n'ai peur de rien.

– Eh bien alors, qu'attends-tu ?

Antonio esquissait un sourire et ajoutait, presque pour lui-même :

– Mes épicéas.

Francesca grognait, soufflait, et quittait la pièce en déclarant :

– Je n'ai pas trois enfants, mais quatre !

Antonio ne tentait pas de la retenir. Il hochait seulement la tête pour lui donner raison.

– Quatre enfants, admettait-il. Comme les cordes d'un violon.

59

Ce jour-là il neigeait sur Crémone.

Depuis une semaine, Antonio avait entamé ses préparatifs. Il était grand temps de partir. Il n'oublia pas ses outils, les cordes, l'huile de lin pour le vernis et la colle d'os en perles, il les glissa dans son sac. Ce voyage, il le craignait, allait le plonger dans un passé qu'il ne souhaitait pas de nouveau affronter. Son premier départ remontait à neuf ans déjà, une éternité. Lui-même n'était plus le même. Tout avait changé.

Francesca avait préparé une polenta aux légumes, celle que préférait Antonio, qu'elle avait enveloppée dans un linge. Il y en avait pour trois jours au moins, c'est-à-dire, si tout allait bien, jusqu'à la ville fortifiée de Peschiera del Garda.

La veille, Antonio ne sortit pas de son atelier, il compta les heures. Puis en milieu d'après-midi, il capitula. Il ouvrit le pot en verre qui recelait le collier en ivoire. Un étrange parfum le fit frissonner. Il chercha dans sa mémoire comment on disait « tu me manques » en langage des signes. Il fut heureux de constater qu'il n'avait rien oublié.

Le soir, il passa un long moment avec ses enfants. Il les prit un à un dans ses bras et s'excusa de ne pouvoir les emmener avec lui. La petite Cattarina venait d'avoir deux ans, elle avait le caractère passionné et indépendant de son père.

Antonio souffla les bougies et rejoignit Francesca près du feu.

Ils restèrent là, assis l'un près de l'autre, sans parler, à regarder seulement les flammes crépiter. Elles montaient, elles chahutaient. Et à chaque bruit sec c'était comme si Francesca murmurait « ne t'en va pas ».

Tard dans la nuit, tandis que tous dormaient, Antonio s'éveilla. Il se leva discrètement et s'habilla. Puis il s'approcha de Francesca. Il voulut poser sa main sur son dos et faire glisser ses longs doigts contre sa peau. Mais il retint son geste.

Seul le nom de sa femme lui vint sur le bout des lèvres.

Francesca, qui signifie « libre ».

60

Ainsi, le 13 mars 1676, Antonio quitta les siens pour la cinquième fois.

Ce jour-là, il neigeait sur Crémone.

C'était un vendredi.

Il connaissait si bien le chemin qu'il le fit les yeux fermés.

Il prit d'abord la direction de l'est pour rejoindre la rivière Oglio et son pont en bois. Puis il remonta plein nord vers le village de Castel Goffredo. Quand il dépassa la ville fortifiée de Peschiera del Garda, il longea le lac de Garde, qu'il ne perdit pas des yeux un instant, trois jours durant. Il enjamba alors l'Adige par le vieux pont en pierre, et pénétra enfin dans la ville de Trente.

Ce fut ici que débuta l'ascension.

Ou plutôt non.

Car depuis une demi-lieue, environ, passé les dernières maisons de Trente, Antonio avait remarqué trois hommes qui marchaient derrière lui.

Ils le rattrapèrent sans difficulté et l'encerclèrent. Qu'avait-il dans son sac ? Avait-il les poches pleines d'or ? Où allait-il d'un pas si alerte ?

Antonio répondit :

– Rien. Non. Ça ne vous regarde pas.

Le plus corpulent des trois se mit à rire, un rire gras, suivi par les deux autres. Antonio comprit que ses ennuis commençaient.

Les trois hommes se rapprochèrent.

Puis, sur un signe du chef, ils lui sautèrent à la gorge et l'assommèrent.

Lorsque Antonio se releva, la nuit était déjà tombée. Son sac avait disparu et une plaie à vif, sur le haut du crâne, le lançait horriblement. Le plus sage était de retourner à Trente. Il coucha dans une auberge et vit un apothicaire dès le lendemain. Celui-ci lui donna deux baumes à appliquer sur les ecchymoses, l'un le matin, l'autre le soir.

Antonio retira sa jambière et paya avec un ducat d'or, qu'il avait conservé de Venise et que les brigands incompétents n'avaient pas trouvé. Avec la monnaie qui lui restait, il acheta le nécessaire : outils, cordes, huile de lin, colle. Puis retourna dans sa chambre et garda le lit les deux jours suivants. Chaque matin, chaque soir, il passait consciencieusement l'onguent à base de jusquiame et de belladone. L'odeur qu'il dégageait était tout bonnement abominable.

Ce fut donc avec un rare soulagement que ses hôtes le virent quitter l'auberge. Antonio s'éloigna, affublé d'un épais bandage autour du crâne. C'était le matin du treizième jour. Le lendemain, il ne fit pas attention au changement progressif des arbres, ni même aux deux lacs gelés devant lesquels il passa. Il s'enfonça, sans trop s'en rendre compte, dans une vallée traversée par un cours d'eau tumultueux, et tourna à peine la tête lorsqu'il entendit cette langue singulière, mâtinée d'italien et d'allemand.

L'un d'eux proposa à Antonio de passer la soirée chez lui. Il accepta et n'en sortit que quatre jours plus tard, sans bandeau, et enfin remis d'aplomb.

Le soir même, alors qu'il entrait dans le village de Predazzo, il fit le compte des journées écoulées. Mais, après plusieurs tentatives, il y renonça. Il savait du moins qu'il touchait au but.

Et en effet, le lendemain, tandis que le soleil basculait de l'autre côté des montagnes et couvrait d'or ses sommets, il aperçut le hameau. Quatre baraques en bois, côte à côte, nichées au creux de la vallée.

Antonio s'immobilisa et fut soudain pris d'un sentiment étrange.

Celui de revenir chez lui.

61

Il avança au milieu de cette lumière irréelle, tantôt rose pâle, tantôt mauve, jusqu'à se trouver si près du hameau qu'il put humer l'odeur des bêtes et du feu. Une porte s'ouvrit et le vieux Giuseppe apparut.

– Mon ami de Crémone, dit-il avec un large sourire. Tu es revenu.

Les deux hommes se serrèrent la main. Celle de Giuseppe était moins ferme qu'avant, mais il y avait dans ses yeux autant de bonheur à accueillir son invité. Il le fit entrer chez lui. Antonio remarqua aussitôt les quatre violons qui trônaient sur le coffre en bois sculpté. Il fut surpris de leur évolution. Le premier, celui de gauche, avait un aspect si grossier, tandis que le dernier lui apparut si fin, si élancé.

Giuseppe déposa deux bols de soupe sur la table et s'excusa, la dernière bouteille de son vin léger de Bolzano avait été vidée il y a longtemps.

À ses pieds, recroquevillé sur lui-même, il n'y avait plus qu'un seul berger de Bergame. Il remua la queue lorsqu'il reconnut Antonio.

– Il ne voit plus rien, dit Giuseppe. C'est tout juste s'il mange encore.

Ils prirent place l'un en face de l'autre. Antonio hésita.

– Et votre femme ? demanda-t-il.

– Elle est descendue chez mon fils, à Trente. Le climat est moins rude en bas. Et puis ici, tout lui rappelait…

Il ne finit pas sa phrase. Il ajouta cependant :

– C'est bien que tu sois revenu. Tu vois, je t'attendais. Ça fait deux ans que je t'attends.

Ils dînèrent ensuite sans un mot.

À un moment, le berger de Bergame se redressa péniblement sur ses pattes et vint se frotter contre Antonio. Celui-ci passa longuement sa main sur ses flancs.

– Demain nous irons voir ton bois à l'étable. Je pourrai te livrer cette année, mais si tu tiens à ce qu'il soit sans défaut, je te conseille d'attendre l'an prochain. Il a fait humide cet été, quelques mois de plus ne lui feront pas de mal.

Antonio acquiesça. Puis sans rien dire, il se leva, prit le quatrième violon, à l'extrême droite, et joua des airs gais et d'autres mélancoliques.

Il en joua une bonne partie de la nuit, comme si la musique avait la capacité de remonter le temps et de projeter les êtres plusieurs années en arrière.

Quand il eut joué tous les airs qu'il connaissait, Giuseppe se tint silencieux un long moment, puis tourna ses yeux usés vers lui.

– Elle me manque aussi, tu sais. Il n'y a pas un jour où je ne pense à elle. Il y a tellement de choses que j'aurais aimé lui dire. Tu veux bien rejouer ? Encore un peu.

Antonio posa le violon contre son menton et fit glisser l'archet sur les cordes.

62

Le cinquième violon se monta sans effort.

Seules quelques variantes le différenciaient du précédent. Les ouïes étaient plus allongées, les CC plus échancrés, et le vernis tirait davantage sur les couleurs du soir.

Antonio passait de longs moments dans la forêt de Paneveggio, un maillet à la main, pour faire chanter les épicéas. Certains chantaient si bien qu'il se promit de revenir un jour. Il y avait là tant de violons qui demandaient à naître. Le son était clair et se propageait à la forêt entière.

– Tu sais que je t'ai pris pour un fou la première fois, lui dit Giuseppe.

– Je sais.

Souvent aussi, il descendait vers le lac. Mais préférait y aller seul.

Il contemplait la surface de l'eau, immobile, qui renvoyait le bleu roi du ciel et le gris pâle des montagnes. Près du refuge, la croix noire, fichée dans le sol, était pareille à un regard jeté vers l'inconnu.

Tous ces endroits, Antonio les portait en lui. Comme le hameau où il pouvait désormais se déplacer les yeux bandés.

Le silence, en revanche, était absolu, total, en un sens effrayant.

Au temps de la jeune fille, c'était rigoureusement l'inverse.

Et puis un soir, dans les derniers jours du mois de mai, il y eut cinq violons sur le coffre en bois sculpté. Cinq, comme les épicéas. Cinq, comme le voulait le pacte qu'il avait scellé avec Giuseppe. Un violon pour un arbre.

Le vieil homme, curieusement, n'attendit pas la fin du repas pour prendre la parole :

– Je sais quel violon j'emporterai avec moi dans la tombe. Ce ne sera pas celui que tu viens de fabriquer. C'est de loin le plus beau, le plus mélodieux. Il ira donc aux hameaux voisins. Il saura leur apporter la tristesse et la joie. Ce ne sera pas le quatrième non plus, celui sur lequel tu as sculpté mon visage. Je le confierai à mon fils aîné, celui qui habite Trente, pour qu'il se souvienne de moi. Le troisième violon ira à mon fils cadet, qui habite Bolzano, afin qu'il n'y ait pas de jaloux. Je vendrai le deuxième, et j'en obtiendrai un bon prix. Cela servira à payer mon enterrement et celui de ma femme. L'argent qui restera reviendra à mes enfants. Non, je partirai, vois-tu, avec le premier. Le plus petit, le plus large. C'est peut-être le moins harmonieux des cinq, mais je m'y suis attaché, comme à un fils – ou à une fille. Et je sais que, là-haut, nous nous tiendrons agréablement compagnie.

Ils demeurèrent encore longtemps ainsi, tournés vers les flammes vacillantes de la cheminée, à parler et à se taire. Parfois Antonio prenait un violon au hasard et jouait quelques mesures. Quand vint le tour du troisième, celui qu'il avait si passionnément monté avec la jeune fille, le berger de Bergame se redressa et se mit à hurler à la mort.

Ce n'est que bien plus tard dans la nuit que Giuseppe ajouta :

– Tu vas me manquer, mon ami de Crémone. Il n'y a que toi pour me faire parler en une fois, plus que je ne parle en une année.

63

Le soleil se levait tôt en cette saison. Antonio attrapa son sac, déjà prêt depuis la vieille, et referma pour la dernière fois la porte de la quatrième maison, la plus éloignée. Par habitude, il jeta un œil sur le seuil. Autrefois, il y découvrait des bols d'airelles bleues, de mûres sauvages ou de myrtilles. Ce matin-là il ne vit qu'un peu de terre brune chassée par un vent léger. Il se recula. Tout était encore sombre autour de lui. Pas un bruit. Comme si chacun retenait son souffle avant la naissance du jour. Il passa à l'étable, pour humer et saluer ses épicéas, et s'éloigna presque à regret. Il savait qu'une partie de lui-même ne partirait jamais d'ici. Cette partie-là appartenait au hameau, aux monts qui l'entouraient, au lac en contrebas, à la forêt qui commençait à poindre au loin. Elle appartenait aux arbres, dressés fièrement vers le ciel, tels des remparts contre l'oubli.

Puis soudain une tache, venue de nulle part, se déposa sur la cime des arbres. Une tache encore pâle et incertaine. Un bref instant, elle fit mine de vaciller, de régresser, mais bientôt elle dessina une large mare bleue, qui devint orange, et qui enflamma, lentement, insensiblement, la forêt aux violons. Le Paneveggio dans son ensemble fut comme incendié de son vernis matinal.

Antonio demeurait immobile, confiant. Ce lever du jour était le sien.

La dernière chose qu'il vit fut quatre baraques en bois, côte à côte, nichées au creux de la vallée. Et tout autour, pareils à un monde féerique, mille reflets roses.

Il vit aussi, mais peut-être était-ce son imagination, une jeune fille venir à lui. Ses yeux étaient en amande et ses cheveux avaient la couleur du miel. La jeune fille souriait. Elle ne dit rien. Elle unit simplement ses deux index en une ligne parallèle : « amis ». Puis elle disparut, au moment où Antonio ouvrait la bouche pour lui répondre.

Il était temps de tourner la page et de refermer le livre.

Alors il fit demi-tour et débuta sa descente vers Predazzo.

Le cœur léger.

Onze jours plus tard, il entra dans Crémone.

La veille, à partir du pont en bois qui enjambait la rivière Oglio, il s'était efforcé de marcher lentement pour goûter chaque instant qui le séparait de Francesca.

Elle l'attendait, contrada Magistra, avec ses enfants autour d'elle.

Lorsqu'il les vit tous les quatre courir vers lui, Antonio s'immobilisa et ouvrit grand ses bras.

Il était de retour, pour toujours.

64

Les mois qui suivirent, Antonio délaissa ses violons. Il jouait avec ses enfants, montait au seccadour avec Francesca, et faisait de longues promenades les après-midi sur les bords du Pô. Il réfléchissait.

Maintenant que la forme du violon était définie, l'esprit d'Antonio se tournait vers l'archet. Personne jusque-là ne s'était vraiment intéressé à cet accessoire que certains disaient secondaire. Mais la virtuosité des violonistes à la mode changeait la donne, Uccellini en tête. Leur façon de jouer, plus moderne, plus passionnée, nécessitait un archet moins rigide, plus équilibré, avec de réelles qualités d'attaque et de tenue de son, afin de suivre toutes les délicatesses de leur jeu.

En septembre 1676, Antonio se rendit à nouveau à Venise par le coche d'eau. Mais cette fois-ci, Francesca vint avec lui.

Ils descendirent le Pô au rythme de deux lieues par heure, poussés et bercés par le courant. Il y avait, avec eux, une trentaine de voyageurs. Certains étaient montés à bord à Turin, d'autres à Pavie. Lorsque le débit du fleuve n'était plus assez rapide, on attelait le coche à quatre chevaux que l'on changeait au relais suivant. Le soir tout le monde sortit de quoi manger et de quoi boire. Et un jeune garçon qui ne devait guère avoir plus de douze ans joua du violon. L'oreille d'Antonio se dressa. Les cordes étaient à changer et le chevalet à redresser, mais pour une nuit, tandis que l'on s'approchait des enceintes de Ferrare, cela suffirait. À côté d'eux, un homme élégamment vêtu affirma venir de France et faire du commerce d'épices. Il était là pour acheter du poivre, du curcuma, de la cannelle. Mais aussi pour les fêtes que l'on disait somptueuses. Francesca était heureuse. Ils dormirent peu cette nuit-là.

Ils logèrent deux semaines dans un petit hôtel qui donnait sur le Rialto. La réputation d'Antonio leur permit d'être invités un peu partout : bals, théâtre, concerts. Ils y croisèrent une fois ou deux le commerçant français qui ne savait plus où donner de la tête. L'après-midi, ils restaient dans leur chambre, la fenêtre ouverte, et regardaient à n'en plus finir les gondoles filer sur le Grand Canal.

Depuis la fin de la guerre, le commerce avec les Turcs et l'Orient avait repris. L'arsenal, le gigantesque port commercial de la ville, tournait de nouveau à plein régime. Quinze mille ouvriers y travaillaient chaque jour. Antonio y dénicha aisément l'homme qu'il cherchait : Angelo Siciliani – on ne pouvait pas faire plus italien. Siciliani avait des hommes à lui aux quatre coins de l'Europe, et promit à Antonio de lui fournir le meilleur bois qui soit. En particulier de l'érable ondé, qui provenait, selon lui, de Raguse, en Dalmatie, à deux cent cinquante lieues de là. On pouvait y aller à pied, dit-il, cela faisait une sacrée trotte. À cheval, c'était déjà plus rapide. Mais le moyen le plus simple, semble-t-il, était de traverser la mer Adriatique. Trois jours aller, trois jours retour. Siciliani s'engagea également auprès d'Antonio à l'approvisionner en bois précieux, ébène, palissandre, acajou, et à lui dégoter des pigments encore jamais vus qui pourraient couvrir ses futurs violons de teintes inédites. Les bois et les pigments s'achetaient à prix d'or dans des contrées lointaines, si lointaines qu'il fallait plusieurs mois de voyage.

C'était le cas justement du bois d'amourette que Siciliani présenta à Antonio. Un bois léger et souple, parfait pour le nouveau type d'archet qu'il avait en tête. D'après le négociant, ce bois venait d'Amérique du Sud, de la Côte Sauvage plus exactement, celle qui longeait le littoral au-dessus du Brésil. Toute une histoire.

Siciliani en demanda deux ducats. Antonio le traita de fou, et négocia pour la moitié.

Si les passagers du coche d'eau, à l'aller, avaient dansé et chanté une bonne partie de la nuit, ils dormaient tous à poings fermés, avant même la tombée du jour, sur le chemin du retour. Francesca avait posé sa tête sur l'épaule d'Antonio. À leur côté, le hasard avait voulu que le commerçant français fût également du voyage. Allongé sur une sorte de coussin, il ronflait comme un sonneur. Entre ses bras, retenu fermement, un long sac en cuir recelait les différentes épices qu'il avait achetées. Ce soir-là, c'était comme si toutes les senteurs de l'Orient glissaient avec eux sur le Pô.

Francesca sentit ses yeux se fermer. Alors elle dit à Antonio, par crainte de l'oublier :

– C'est beau la vie avec toi.

65

Un carrosse frappé aux armoiries du duc de Parme s'arrêta un matin devant la boutique d'Antonio. Le vieil homme qui en sortit s'étira péniblement, et sans l'aide de son laquais, en descendit. Tout autour, une dizaine de gamins dansaient et hurlaient. C'était un tel spectacle ! L'homme avança à pas lents et poussa la porte de la boutique. Quand il retira son chapeau, Antonio le reconnut immédiatement. C'était le même homme qui l'avait tant ému au Palazzo Trecchi, trois ans plus tôt, Marco Uccellini.

Il déposa sur la table un étui rouge-brun et l'ouvrit. À l'intérieur, le magnifique *Niccolo Amati*, au vernis ambré, avec lequel il avait joué ce soir-là.

Sans un mot, il le saisit par le manche, l'accorda rapidement, et fit glisser son archet. Antonio perçut immédiatement un son légèrement sec et voilé, avec une troisième corde, celle du la, qui ne scintillait pas assez.

Uccellini interpréta une de ses sonates préférées.

Puis il remit son *Amati* dans l'étui et déclara d'une voix agitée :

– Tout le monde dit que vous faites des miracles. Vous croyez-vous capable d'exaucer celui-là ?

Sans un mot, Antonio détendit les cordes et retira le chevalet.

Il jeta un rapide coup d'œil à l'intérieur. L'étiquette indiquait : *Niccolo Amati, Crémone, 1655.* L'année où il était entré chez le maître. Mais cela ne le perturba pas le moins du monde. L'âme s'était légèrement décalée vers l'arrière. Alors il prit une longue pointe en acier, la crocha sur la tige et, d'un geste sec, la tira vers lui. Uccellini sursauta. Mais Antonio ne lui laissa pas le temps de réagir. Il saisit le chevalet et commença, à l'aide de son canif, à creuser les pieds et à ouvrir le cœur sous le regard effaré, alarmé, du vieux musicien. Puis il le remit en place, remonta les cordes, et tendit l'instrument à son propriétaire. L'opération n'avait pas duré plus d'une minute.

Uccellini, le souffle court, la mâchoire ballante, s'empara de son *Amati.*

S'il avait eu vingt ans de moins, il aurait roué de coups ce luthier qui se croyait tout permis. Mais il fit ce qu'il savait faire de mieux : il attrapa son archet et se mit à jouer.

Dès les premières notes son visage changea d'expression. Il se figea et releva ses sourcils : étonnement. Puis la ligne droite de ses lèvres s'infléchit : sourire. Enfin, ce fut des larmes qui perlèrent de ses yeux : joie profonde.

Le vieil Uccellini fut pris d'un rire enfantin. Il s'excusa de sa mauvaise humeur et serra Antonio dans ses bras.

– Laissez-le-moi une semaine, dit celui-ci, et je vous promets qu'il gagnera en puissance et en sonorité. Laissez-le-moi deux semaines, et il sera comme neuf.

– Je vais faire mieux, répondit Uccellini. Fabriquez-moi un nouveau violon.

Et il ajouta, devant le silence d'Antonio :

– Je dois me rendre à Rome au printemps pour jouer devant le pape Innocent XI. Puis je suis convié chez le grand-duc de Toscane, à Florence. J'irai ensuite à Paris et à Londres… Faites-moi un nouveau violon et vous deviendrez célèbre.

Antonio fit un pas en arrière. Il hésitait.

– Que craignez-vous ?

Il ne sut quoi répondre.

– Ah, je vois. Vous avez des scrupules vis-à-vis de votre ancien maître. N'en ayez pas. J'ai un profond respect pour lui. Mais Amati est trop âgé désormais. Quel âge a-t-il ? Quatre-vingts ans ?

Uccellini fit une pause, et reprit :

– Que vous le vouliez ou non, vous êtes l'avenir du violon.

Antonio se sentit un peu bête et avoua que le problème n'était pas là.

– Eh bien, où est-il alors ?

– Pouvez-vous attendre six mois ?

– Six mois ?

– J'ai commandé de l'érable ondé, à Venise, qui doit arriver le mois prochain. Et cinq épicéas, qui proviennent de la forêt de Paneveggio, me seront livrés avec la nouvelle année. Donnez-moi six mois et le son de votre violon sera totalement inédit.

Pur et brillant, avec une ampleur comme on ne l'a jamais entendue. Vous pourrez jouer devant cinq ou six personnes, ou devant des centaines. Dans une petite salle ou au sein d'un vaste opéra. Je vous promets des sensations que vous n'avez encore jamais ressenties. Un plaisir inégalé…

Puis il ajouta :

– Bien entendu, c'est à vous de décider.

Les deux hommes se jaugèrent un instant.

– Six mois, c'est tout ce que je vous demande.

66

Chaque matin, Antonio envoyait sa fille Giulia à la porte est de la ville avec pour mission de le prévenir aussitôt qu'une charrette chargée de bois entrerait dans Crémone. Chaque soir, elle revenait, le visage sombre, en secouant la tête. La famille entière vivait dans l'attente des épicéas de Paneveggio.

Puis, un après-midi, ce fut des hurlements.

Deux charrettes, et non une, remontaient la contrada Magistra, tirées par un cheval chacune, avec à leur tête Giuseppe. L'homme, aux yeux usés, arborait un sourire immense.

Comme à leur habitude les deux amis se serrèrent la main.

– Tu vois, je suis venu. Pour toi je serais allé jusqu'à Naples s'il l'avait fallu.

Trois gaillards de vingt ans déchargèrent le bois. Ils mirent la journée entière et la matinée du lendemain pour monter les rondins au seccadour.

Pour Giulia, Francesco et Cattarina ce fut la fête. Ils n'avaient jamais vu une telle agitation.

Antonio souriait, d'un sourire béat. Il vivait le plus beau jour de sa vie.

Seule Francesca paraissait mélancolique.

Antonio s'approcha d'elle.

– Ne t'inquiète pas, lui murmura-t-il, il y aura toujours une place pour nous, là-haut, au seccadour.

Ce soir-là, Antonio et ses enfants prirent leur violon et jouèrent des airs gais et entraînants. Le plaisir d'être tous ensemble n'était pas feint. Chacun dansa et chanta jusque tard dans la nuit.

Quand Giuseppe quitta Crémone, son visage affichait un air qui signifiait qu'il avait accompli son destin.

– Je sais que nous ne nous reverrons pas, dit-il à Antonio juste avant de se hisser sur la charrette vide.

– Qui sait ? lui répondit celui-ci.

Alors, puisque le pacte avait été respecté, par l'un comme par l'autre, et que plus rien ne les liait désormais, ces deux hommes, si fiers, s'étreignirent.

Longuement.

Comme s'ils avaient retenu ce moment depuis tant d'années.

On était le 6 mars 1677. Un samedi.

La dernière chose qu'Antonio vit de Giuseppe, ce fut une main tendue vers le ciel. Il ne sut jamais si ce geste lui était destiné – ou s'il était adressé à quelqu'un d'autre.

67

Cinq épicéas, découpés en billes, consciencieusement, reposaient les uns à côté des autres au seccadour. Antonio s'avança, comme s'il se présentait devant un prêtre. Il prit la première. Les cernes de croissance étaient minces et réguliers, sans défaut ni imperfection. Il découpa un tronçon, d'un seul tenant, pour la table d'harmonie, et un bloc plus petit d'où il allait tirer plus tard la barre et l'âme. Puis il s'enferma dans son atelier.

Alors ce furent deux mois magiques. Les heures ne comptaient plus, ni les jours. Le temps s'arrêta. La guerre pouvait éclater, la peste revenir, tout cela lui était égal. Dans l'érable ondé de Venise, il fit la table du fond, et tailla des éclisses d'une finesse infinie. Puis il sculpta l'épicéa jusqu'à obtenir la forme tant recherchée : un dos parfait. Et dans ce dos, il y avait celui de sa mère, celui de la jeune fille et celui de Francesca. Les trois femmes qui faisaient qu'il était lui, et non un autre. Les trois femmes grâce auxquelles il donnait enfin vie au violon de ses rêves : plus long, à la taille admirable, et d'une beauté jamais égalée.

Quand il fut achevé, une nuit de mai, Antonio l'observa jusqu'au petit jour, et comprit qu'il fallait l'embellir encore. À l'encre de Chine, il recouvrit les éclisses et le manche d'arabesques et de lignes courbes. Telle une symphonie de rondeurs qui parlait du temps perdu.

Il prit ensuite le pot en verre, caché parmi les autres, et préleva le collier en ivoire qui avait appartenu à la jeune fille. Une dizaine de losanges et autant de perles d'une blancheur éclatante. Il passa les jours suivants à les découper, un à un, avec tous les égards possibles, puis à les incruster tout autour de l'instrument.

Celui-ci brilla alors de mille feux.

Pour finir, il composa un vernis d'une grande douceur, à base d'huile de lin et de résines végétales, qui conféra au violon une teinte ambrée, presque transparente – comme celle de la peau.

Le jour se levait.

Antonio suspendit le violon par sa volute au fil qui pendait au-dessus de sa tête. Il fit un pas en arrière et demeura ainsi, immobile, figé. Le regard fixe.

Alors lentement, il leva la main, et l'approcha… l'approcha jusqu'à ce que ses doigts, longs et fins, viennent effleurer l'objet de tous ses désirs.

La jeune fille ne sursauta pas. Et ne fit aucun mouvement brusque.

Doucement, il fit glisser sa main sur son dos.

Il frôla ses épaules, ses hanches, ses côtes, caressa sa nuque. Et il ferma les yeux. Il n'était plus dans son atelier, mais dans la forêt de Paneveggio, près du lac, dans la quatrième maison, la plus éloignée. Il était en été, à l'automne. La nuit, à midi. Ses pas crissaient sur la neige. L'herbe était haute, verte. Il courait dans la prairie alpine, se roulait dans les trèfles blancs. Cueillait une marguerite, des myrtilles. Le vent fouettait ses cheveux. L'orage grondait. Il était partout où elle était. Partout où il la voyait, la respirait. Face à lui, son sourire et ses yeux. Son rire qu'il était le seul à entendre. Sa peau qu'il était le seul à toucher. Et son nom qu'il était le seul à prononcer. Ses doigts glissaient, encore et encore. C'était sublime, merveilleux. Cela dura une seconde, une journée. Que lui importait ? C'était sans fin. Et la sensation était sans appel, irréfutable : la jeune fille ne faisait plus qu'un avec le violon.

Lorsque bien plus tard il ouvrit les yeux, il vit un rayon de soleil se poser sur la volute et la couvrir, comme les montagnes lointaines, de mille reflets roses.

Désormais, pensa Antonio, elle pouvait reposer en paix.

Silvia, qui signifie « forêt ».

68

Antonio introduisit habilement l'étiquette à travers l'ouïe, et la colla sur la table du fond. Sa première étiquette.

Comme les maîtres avant lui, il y avait inscrit la ville et l'année.

Crémone, 1677.

Et il avait latinisé son nom.

Antonius Stradivarius.

Quand tout cela fut fait, il souffla les bougies à l'intérieur des lanternes, et sortit enfin de son atelier.

Dehors, Francesca et les enfants l'attendaient. Ils remontèrent ensemble la contrada Magistra. Les enfants couraient devant. La petite place, face à l'église Sant'Agata, était noire de monde dans l'attente de la grand-messe dominicale.

Francesca, qui signifie « libre », se pencha vers Antonio.

– Comment veux-tu l'appeler ? lui demanda-t-elle.

– Le violon ?

– Mais non, idiot. Le bébé !

Elle prit alors sa main et l'approcha… l'approcha jusqu'à ce que ses doigts, longs et fins, viennent effleurer son ventre, porteur de vie.

69

Uccellini tint parole.

Il tourna pendant trois ans, dans l'Europe entière, avec le violon d'Antonio.

Chacun s'extasia devant ses qualités, sa sonorité chaude et vibrante, sa résonance magistrale. Quand Uccellini jouait, on avait la délicieuse impression que son violon chantait. Sa beauté de surcroît fascinait. Les arabesques sur la volute, l'ivoire incrusté, le vernis aux reflets de miel. Uccellini ne se souvenait plus qui l'avait appelé ainsi la première fois, mais tous s'accordaient sur ce point, cette merveille était un véritable *Lever du soleil.*

Uccellini mourut en 1680.

Heureusement il ne demanda pas à être enterré avec le violon d'Antonio. Au contraire. Il formula le souhait de le transmettre aux générations suivantes et tout d'abord à Arcangelo Corelli, qui allait s'empresser de révolutionner le monde de la musique.

À Crémone, les commandes affluaient. Antonio ne remettait plus en état, il fabriquait. Il fabriquait même à tour de bras, à tel point qu'il lui fallut déménager. Ce fut un peu à regret que la famille quitta la contrada Magistra pour la piazza San Domenico, au cœur de la ville. Trois jours furent nécessaires pour transférer les cinq épicéas de Paneveggio d'un seccadour à l'autre. Mais la nouvelle maison était bien plus grande, l'atelier bien plus spacieux et lumineux, et par-dessus tout le nouveau seccadour, immense, plaisait beaucoup à Francesca.

En 1684, Antonio eut quarante ans. À cette époque Giulia était déjà fiancée, et Francesco, qui venait d'avoir treize ans, travaillait depuis quelques mois avec son père. Ses dons de musicien se retrouvaient dans la délicatesse qu'il montrait pour découper une table d'harmonie ou cintrer les éclisses. Francesco n'était pas le premier apprenti. Deux autres, Carlo et Giovanni, arrivés plus tôt, assistaient Antonio. Tous l'appelaient « maître ».

Antonio réalisa pour Michele Monsi, un important banquier de Venise, un quintette complet, deux violons, deux altos et un violoncelle, que celui-ci offrit au roi Jacques II d'Angleterre. Il reçut également la visite de Bartolomeo Grandi en personne, l'illustre chef d'orchestre du duc de Savoie, qui lui commanda trois violons et quatre altos pour les concerts de la Cour. Et cette même année, il monta une série de violons pour le cardinal Orsini, futur pape Benoît XIII, qui le couvrit de remerciements et de pièces d'or.

C'est alors qu'il apprit que le vieil Amati était gravement malade.

70

Il n'était pas retourné dans l'atelier du maître depuis ce jour d'octobre 1666 où il en avait été chassé, après avoir brisé un énième violon. Près de vingt ans.

Quand il poussa la porte, il fut surpris d'y découvrir à nouveau les parfums intenses des vernis et cette senteur de brume qu'il reconnaissait entre toutes, celle du bois. Parfums qui l'avaient tant fait frissonner quand il était entré ici la première fois avec sa mère. Amati, depuis des années, ne faisait plus grand-chose. Il donnait encore quelques conseils à son fils, Girolamo, qui tenait la boutique, et surveillait de loin la pose de l'âme ou du chevalet. Mais ce matin-là, quand Antonio entra, il ne vit personne. Alors il jeta un regard dans la pièce exiguë, attenante à l'atelier, où pendant onze années il avait couché sur un lit de paille. Celle-ci aussi était vide.

Il se tourna vers l'escalier, et, marche après marche, rejoignit la chambre d'Amati. Sur le seuil il s'arrêta un bref instant, comme s'il hésitait à aller plus loin. Puis il poussa légèrement la porte.

Amati était alité. À ses côtés, Girolamo se leva quand il aperçut Antonio. Il vint à lui et le serra dans ses bras.

– On t'attendait. Va près de lui, je serai en bas.

Girolamo les laissa seuls.

Antonio s'approcha du lit. Il prit place sur la chaise et saisit la main du vieil homme. Celui-ci ouvrit faiblement les yeux. Une bougie illuminait le visage de son ancien apprenti, alors il se mit à sourire.

– Je savais que tu viendrais, dit-il.

Les deux hommes s'observèrent de longues secondes. Autant Antonio avait changé, il était devenu indéniablement un homme, autant Amati avait su rester le même.

– Je sais que tout va bien pour toi. J'ai pleuré le jour où j'ai vu ton *Lever du soleil*. Tu as fait là un instrument merveilleux, dont je suis fier.

– Sans vous je n'aurais jamais pu le construire.

– Ne dis pas de bêtises. J'ai toujours su que tu ferais de grandes choses.

Le vieil homme toussa, la flamme de la bougie vacilla.

Sur la table, à côté de la bougie, il y avait un paquet de nougat.

Antonio chercha un instant dans sa mémoire pourquoi ce paquet-là résonnait en lui. Puis soudain il comprit.

– C'était vous…

Puis il ajouta, sidéré de ne pas y avoir pensé plus tôt :

– Sebastiano Beretta, c'était vous.

Amati plissa doucement les yeux, secoua la tête.

– Monseigneur Isimbardi, c'était vous. L'émissaire du duc de Mantoue, de Parme, de Milan, c'était vous.

Toutes ces années où j'ai eu du travail, c'était grâce à vous.

La flamme reprit sa position fixe.

– J'avais trop de commandes, et tu n'en avais pas.

Antonio serra alors la main du vieux maître plus fort dans la sienne.

– Je vous demande pardon, lui dit-il.

– De quoi ? D'avoir voulu fabriquer tes propres violons ? Tu as bien fait.

– Non, je vous demande pardon de ne pas être venu plus tôt.

– Tu es là aujourd'hui, mon garçon, c'est le principal. Il n'y a que ça qui compte, que tu n'aies pas oublié ton vieil Amati.

– Je ne vous oublierai jamais.

Antonio s'inclina et embrassa longuement la main du maître.

Celui-ci eut alors une violente quinte de toux. Quand il retira le mouchoir de sa bouche, un peu de sang avait recouvert le tissu blanc.

– Je vais vous laisser.

Et il fit un geste pour se lever. Mais Amati le retint fermement.

– Attends.

Il reprit son souffle.

– Te rappelles-tu cette question que je t'ai posée mille fois quand tu travaillais avec moi ?

Antonio hocha la tête.

– Je m'en souviens.

– Alors, le sais-tu à présent ? Sais-tu pourquoi tu fabriques des violons ?

– Oui. Je l'ai compris.

71

– Parle, je t'écoute.

– Cette nuit-là, dit Antonio d'une voix mal assurée, la première que j'ai passée chez vous, je n'arrivais pas à dormir. Je me suis levé et je suis monté… Arrivé sur le seuil, j'ai poussé la porte, et…

Antonio s'interrompit. Il lui fallut un long moment avant de reprendre.

– Et j'ai vu le dos de ma mère, nu, qui brillait dans la lumière. Un dos pareil à un violon.

Il marqua une courte pause, et ajouta :

– Je sais maintenant que chaque violon que je fabrique, chaque violon que je tiens entre mes mains, c'est comme revenir ici dans cette chambre, et me tenir sur ce seuil. C'est comme être à nouveau avec elle. Près d'elle. Voilà pourquoi je fabrique des violons, et voilà pourquoi j'en fabriquerai toujours.

Le maître ne prononça pas un mot.

Il se contenta de sourire et de retenir la main de son apprenti dans la sienne.

Il la retint aussi longtemps qu'il le put.

Au petit matin, tandis qu'Amati s'était assoupi, Antonio sortit sans un bruit. Il contourna l'église San Domenico et prit directement l'escalier qui menait au seccadour. Crémone dormait encore. Il pensa aux soixante et onze pièces, qui à la fin n'en forment plus qu'une, et à sa jeunesse qui d'une certaine façon s'était évanouie cette nuit. Antonio avait quarante ans et suffisamment de bois pour les prochaines années. On était le 9 avril 1684. Un dimanche.

Soudain, la première tache rose se posa sur le toit en face de lui, puis une seconde vint effleurer le clocher de l'église. Une silhouette grise se dessina en contrebas. Antonio crut voir une ombre s'enfuir. Une ombre qui, après quelques enjambées, disparut au tournant de la rue. Mais cette fois-ci, il ne chercha pas à la retenir. Il murmura simplement le nom de sa mère.

Anna, qui signifie « grâce ».

Trois jours plus tard, Amati mourait.

Ce matin-là Francesca rejoignit Antonio au seccadour. Crémone s'éveillait.

Elle lui sourit et vint se serrer contre son épaule.

Un vent léger les rapprocha encore.

Et encore.

Alors, seulement, tout près de lui, elle l'entendit pleurer.

Précisions

Avant 1680, date de son emménagement piazza San Domenico, la vie d'Antonio Stradivari est très peu connue. On ne sait pas avec certitude s'il a été l'élève de Niccolo Amati, luthier, de Francesco Pescaroli, sculpteur sur bois et architecte, ou bien des deux. Sa date de naissance, 1644, est également sujette à caution.

Nulle part on ne trouve trace du contrat d'apprentissage qui a pu lier Antonio et le vieil Amati. Cependant les rares violons produits par Antonio entre 1665 et 1675 portent incontestablement l'empreinte du vieux maître.

Le premier document qui évoque Antonio de façon certaine date de 1667. Il relate son mariage avec Francesca Ferraboschi, de quatre ans son aînée et déjà veuve, à l'église Sant'Agata. Ils auront six enfants ensemble – dont le deuxième, Francesco, mourra cinq jours après sa naissance. Francesca, elle, devait mourir en 1698. Antonio se remariera l'année suivante avec Antonia Zambelli, de vingt ans sa cadette. Cinq autres enfants naîtront de cette union.

Antonio s'éteindra le 18 décembre 1737, à l'âge, remarquable pour l'époque, de quatre-vingt-treize ans.

Le nombre d'instruments qu'il fabriqua est considérable : vielles, harpes, altos, violoncelles, violes de gambe, luths, mandores, mandolines, guitares… et des violons. Il aurait monté plus de mille violons, dont cinq cents seulement sont parvenus jusqu'à nous.

Sa production débute véritablement en 1677 avec le merveilleux *Lever du soleil*, orné d'arabesques et d'incrustations en ivoire, et s'achève soixante ans plus tard avec le *Chant du cygne*.

Néanmoins, tous les experts, scientifiques et musiciens, se sont posé la même question depuis des décennies : pourquoi les violons d'Antonio Stradivari ont-ils une sonorité aussi exceptionnelle ? Quel est, ou quels sont leurs secrets ?

Le vernis ?

Un champignon spécifique qui serait intervenu dans le traitement du bois ?

Un bain chimique utilisé par Antonio afin de prémunir ses violons des nuisibles et du pourrissement ?

Le petit âge glaciaire appelé « minimum de Maunder », situé entre 1645 et 1715, exactement à l'époque d'Antonio, phénomène qui eut pour conséquences d'altérer la croissance des arbres et de renforcer leur résistance et leur densité ?

Ou tout simplement son génie ?

Antonio vous dirait ceci : « Ma force, c'est mon bois. »

L'on sait qu'il quitta Crémone à plusieurs reprises en prenant d'abord la direction de l'est pour rejoindre la rivière Oglio et le pont en bois qui existait alors. Il marcha certainement une dizaine de jours, en remontant vers le nord. Il passa par Castel Goffredo, Peschiera del Garda et Trente, contourna les lacs de Serraia et de Piazze et rejoignit à coup sûr le petit village de Predazzo.

Le lendemain, il se leva tôt car il avait encore une longue route. Et ce fut en fin de journée, tandis que le soleil basculait de l'autre côté des montagnes et couvrait d'or ses sommets, qu'il aperçut le hameau. Quatre baraques en bois, côte à côte, nichées au creux de la vallée.

Car le secret d'Antonio était là, tout autour de lui : les épicéas de Paneveggio.

Sa forêt aux violons.

DU MÊME AUTEUR

La traversée
Spengler, 1995

Le cercle de pierre
Éditions Anne Carrière, 1997

Signé Dumas
Pièces de théâtre
(avec Eric Rouquette)
Les Impressions nouvelles, 2003

La véranda
Pièces de théâtre
Éditions de l'Œil du prince, 2008

Poétique du combat
Nouvelles éditions Krakoen, 2010

Diplomatie
Pièces de théâtre
Avant-scène théâtre, 2011
Nathan, 2019

Toujours libre !
Roman
La saga des Saint-Quare
Rocher, 2014

Fabrika
Roman
Albin Michel, 2016
et « Le Livre de poche Thriller », n° 34548

Le prix
Roman
Albin Michel, 2019
et « Points Les Grands Romans », n° P5104

2 + 2 : quand on aime on ne compte pas
Pièces de théâtre
Avant-scène théâtre, 2019

Les Éditions Points s'engagent pour la protection de l'environnement et une production française responsable

Ce livre a été imprimé en France, sur un papier certifié issu de forêts gérées durablement, chez un imprimeur labellisé Imprim'Vert, marque créée en partenariat avec l'Agence de l'Eau, l'ADEME (Agence de l'Environnement et de la Maîtrise de l'Énergie) et l'UNIC (Union Nationale de l'Imprimerie et de la Communication).

La marque Imprim'Vert apporte trois garanties essentielles :

- La suppression totale de l'utilisation de produits toxiques
- La sécurisation des stockages de produits et de déchets dangereux
- La collecte et le traitement de produits dangereux

RÉALISATION : NORD COMPO À VILLENEUVE-D'ASCQ
IMPRESSION : CPI FRANCE
DÉPÔT LÉGAL : JUIN 2022. N° 148675-3 (2067055)
IMPRIMÉ EN FRANCE